奇跡なんて、そう簡単には起こらない。
願っても泣いても叫んでも叶わないことばかり。
だけど、私はあの日、奇跡を信じた。
君のそばにいられるためなら、奇跡だって現実にしてみせる。
そう、思ったんだ。

目次

君がくれた1/2の奇跡

第一章　冬の終わりに雨が降る

外に出た瞬間、目に映る景色が昨日と違うことに気づいた。

どこが違うのかを考えてみるけれど、間違い探しのように答えが見当たらない。眠気はないのにまだ頭がうまく動かない感じ。

今日から三月。期末テストはイマイチだったけれどあまり気にならない。テストが返却されてしまえば、春休みが待っているから。

春休みも夏休みくらい長ければいいのにな。

そんなことを考えていると、向かいの家から山本(やまもと)さんの奥さんがゴミ袋をふたつ両手に持って出てきた。

「紗菜(さな)ちゃんおはよう」

「あ……おはよう、ございま……」

聞き取れないほど語尾が小さくなってしまう。気にした様子もなく、山本さんの奥さんはノーメイクの顔でニッコリ笑った。

「いつも学校へ行く時間、早いのね。うちの子にも見習わせたいもんだわ」

「そう、ですか……」

ゴニョゴニョと口のなかでつぶやいているうちに、奥さんはゴミの収集場所へ行ってしまった。学校指定のコートのポケットに手を入れ、私も駅のほうへと歩きだす。

ちゃんと挨拶すべきだったという反省は、『でも』という心の声に打ち消される。

同級生ならまだしも、大人の人は昔から苦手。今通っている高校でも、先生にため口でしゃべったり、あだ名で呼んだりしている友だちもいるけれど、私には絶対に無理な話だ。

急ぎ足のサラリーマンがあっという間に私を追い抜いていった。ひとつに結んだ髪のせいで、首筋に当たる風が冷たい。

しばらく進むと小さな商店街が両側に広がる。昔はにぎわっていたらしいけれど、今では半分くらいの店は開かずのシャッターになっている。郊外にできた大型ショッピングモールのせいだと言われているし、実際そうなのだろう。学生の私からすれば車でしか行けない距離にある大型店よりも、近くの商店街がにぎわっているほうが便利だけれど。

色あせた看板が並ぶなか、最近できたカフェの前にある『モーニング』と書かれたのぼりが風を欲してしおれている。

商店街を途中で右に抜ければ駅までの近道だ。小さな川があり、堤防沿いには桜の木がこれでもか、と並んでいる。春になればたくさんの人がこの桜並木を鑑賞にやってくる。

……いつもの景色と違う気がする。

再び違和感を覚えるけれど、いくら考えたって答えなんて出ないだろう。こういうのは、ある瞬間に脈絡もなく思い出せるものだから。

桜並木を抜けると正面に駅が見えてくる。隣の駅はある程度の大きさがあるけれど、家からいちばん近いこの駅に改札はふたつしかない。駅に吸いこまれていく人たちを横目に、バスターミナルへ足を進めた。

「紗菜」

遠くから私の名前を呼ぶ声がした。すぐには反応しないと決めているのに、毎回秒でふり向いてしまう。

前髪を泳がせて駆けてくるのは、柱谷翔琉。白い息がふわふわと宙に溶けていて、なんだかかわいい。自分の口元が緩んでいることに気づき、キュッと力を入れて口を結んだ。

「今日こそは追いつけないと思ったから焦った」

笑顔はそのままに、翔琉は胸に手を当て荒い息を整えている。うれしい気持ちを隠して私も歩きだす。

「おい、待てよ」

「バスに乗り遅れちゃうじゃん」

「一本どころか三本遅らせても余裕で間に合うだろ。紗菜は早く登校しすぎなんだよ」

隣に並ぶ翔琉の髪はもうまとまっている。くせ毛の私からすれば、かなりうらやましい。

逆ハの字の眉に大きな瞳、鼻筋が通っていて、口元は常に笑みを浮かべているような形。

子どものころからなにも変わっていない。昔と違うのは、いつの間にか抜かれた身長くらい。高校二年生になった今でも伸び続けているそうだ。

朝日を全身に浴びた翔琉は、まるで自分が発光しているみたいに輝いている。ずっと見ていたい気持ちを断ち切り視線を落とした。

翔琉とは、家が近所で小学生からずっと一緒。俗に言う〝幼なじみ〟の関係だ。母親同士も仲がよく、しょっちゅうランチに出かけている。どんな話をしているのかについては、怖くて聞けないけれど。

中学では一度も同じクラスにならなかったけれど、高校では二年続けて一緒。それがどんなにうれしいか、翔琉は知らないし、知られてはいけない。

小学生のときから続いている〝トモダチゲーム〟も長年やっているだけあって、自然にそっけない態度を取ることができている。

バス乗り場に到着して、やっと一息。路線沿いには三つの高校があるから、早めの時間を選ばないと混んでしまう。山道があるので、席に座れないと高確率でバス酔いしてしまうのだ。

「それにしても、うしろ姿だけでよく私ってわかるよね。同じ髪形の子なんてたくさんいるのに」

ひとつに結んだ髪を指さすと、翔琉は心外そうに目を丸めた。

「青山(あおやま)紗菜は世界でひとりしかいないし」

「それって理由になってないけど?」

おかしなこと言っている自覚がないのだろう、眉をひそめたあと翔琉は「ああ」と納得したようにうなずいた。

「セーラー服って珍しいし、昔から見てるからわかるし」

そこで一旦言葉を区切ったあと、翔琉はニッと笑って言い添える。

「俺は紗菜が好きだし」

小学五年生のときから翔琉はこんなことを言うようになった。みんなの前でも平気で言うから、からかわれることも多かった。

もちろん最初は驚いたけれど、やっぱりうれしかった。

私のほうが先に好きになったのに、まさか相手もそうだったなんて……!

けれど、翔琉の言う〝好き〟は挨拶みたいなもので、英語で言うとＬＩＫＥ。私だけに言ってくれていれば勘違いもできただろうけど、博愛主義の翔琉は友だちにだけでなく、道端の花にさえも〝好き〟と伝えたがる。〝好き〟は翔琉にとって挨拶みたいなもの。

　一方、私の翔琉に対する気持ちはLOVEで、その差はあまりにも大きい。それに気づいて以来、「はいはい」とスルーすることにしている。

「そんなことより今日から三月だね」

　話題を変えると、翔琉はスッと人差し指を空に向けた。

「晴れてるのにやけにかすんでる。春の気配が空に表れているよな」

　言われて気づいた。景色が違って見えたのは空が原因だ。白く靄がかかっているのに朝日の放つ光が輝いていて、遠い空には筋状の雲が流れている。鼻腔をなでる風もどこかやわらかい感じがする。

「そっか。だからいつもと景色が違って見えたんだ」

　素直に感心する私に、翔琉はトレードマークの八重歯を見せて笑った。

「どんどん季節が変わっていくんだろうな。雪が消えちゃうのはさみしいけど」

「私は雪が苦手だからうれしいな」

　唇をとがらすと、翔琉は不思議そうに目を細めた。

「なんで？　幻想的で俺は好きだけど」

「降ってるときはそうだけど、地面に積もると黒くて汚いし」

　このあたりは中途半端に雪が降る。今も車道のはしっこに残る雪は、タイヤの跡で真っ黒に汚れていて悲しい気持ちになる。

「雪が町の汚れを吸収してくれてるんだよ」

　子どものころ、雪が降るたびに大騒ぎしていた姿を思い出した。どの思い出にも翔琉がいることがうれしいけれど、にやけてはいけない。真面目な顔を作ってふんふんとうなずいてみせた。これまでもこうやってごまかしてきたから平気。

「そうだ」と、翔琉がなにか思いついたように目を大きくした。

「来月のさくらまつり、一緒に行こうぜ」

「行かない」

　そっこうで断る私に、今度は翔琉がすねた顔になる。

　さくらまつりは桜並木に出店が立ち並ぶイベントで、毎年たくさんの人でにぎわう。開花予報に応じて日程は変わるので、今年の開催日はまだ発表されていないけれど、お母さんの予想では四月に入ってからだそうだ。

　お好み焼きや綿菓子だけでなく、桜餅（さくらもち）や山菜（さんさい）ご飯などの出店が並ぶこのイベントを子どものころは楽しみにしていた。でも、この数年は参加していない。

「帰り道だからいいじゃん。絶対楽しいって」

　翔琉は、毎年のように誘ってくる。

「その〝自分の好きなものはほかの人も好きなはず〟っていう考え、やめたほうがいいよ。人ごみが苦手なこと知ってるでしょ」

人酔い、乗り物酔い、音酔いのように、昔から〝酔い〟とつく現象に弱い。年々ひどくなる気がして、この数年はイベントやライブは避け続けている。

「目をつぶってればいいよ。俺が手を引くから」

けれど、今ここで主張しても、翔琉は一歩も引かないだろう。

「はいはい。考えておくね」

「よし！」

うれしそうに胸の前で拳を握る翔琉を無視して、やってきたバスに乗りこんだ。

空いている車内のなかほどの席に座ると、当たり前のように隣の席に翔琉が腰をおろした。

「空いてるのに普通、隣に座る？」

うれしいくせに、冷たいことを言ってしまう。

「いつものことだろ。おやすみ」

平然と言うと、翔琉は目を閉じて寝る体勢に入る。昔からいつでもどこでも眠れるのが彼の特技だ。

走りだすバスの窓はうっすら曇っている。ほどよい暖房のせいで、まばらな乗客は寝ているかスマホを見ている人しかいない。

そっと隣の翔琉を覗き見る。長いまつ毛と冬になっても焼けたままの肌。通学カバンを抱くようにして眠る姿はまるで子供のよう。

……ずっと好きなんだよ。

もう何年くらい片想いをしているのだろう。これまで何度もあきらめようと思い、自分に言い聞かせてきた。

――幼なじみを好きになるなんてありえないよ。

――もっと広い世界でいろんな人に出会うべきじゃない?

――一緒に過ごす時間が長いから好きになっただけ。錯覚だよ。

呪文のように唱えても、今のところ効果はない。雪のように積み重なる想いは、もう上が見えないくらい高くなっている。

だからこそ、翔琉に想いを伝えることはできない。翔琉が口癖のように言う〝好き〟の言葉にも反応できない。

それに万が一つき合うことになったとしても、幸せは長く続かないだろう。同じクラスでつき合っていた人たちも最初はあんなに仲がよかったのに、みんな別れてしまった。あとに残るのは気まずさで、本人たちよりも近くにいる人のほうが気を遣うこともしばしば。

恋は永遠じゃない。親を見ていればわかるし、ドラマや映画だって結局は作り物だから。

満開の桜並木を一緒に歩きたいし、翔琉の冗談めかせた告白にうなずいてもみたい。だけど、先のことを考えたらとても無理。

——幼なじみのままの関係でいたほうが、ずっとそばにいられるから。

出した答えをたしかめるように私も目を閉じる。

心地いいバスの揺れが、それでいいんだよ、と言ってくれている気がした。

教室の窓から見える裏山には、まだ寒々しい木々が茶色を誇示(こじ)している。数年前に裏山を割るように開通した県道を、バスがのんびりと走っている。この時間になるとたくさんの生徒でバスはギュウギュウになるのだろう。

廊下側の席では、翔琉がスヤスヤと寝ている。寝顔を観察したい欲求をこらえていると、松本胡桃(まつもとくるみ)が登校してきた。

「おはよう」と声をかけると、恥ずかしそうに「おはよ」と小声で返してくれた。

胡桃は高校に入ってからの友だちだ。偶然にも席替えのたびに前後の席が続いたため話をするようになった。二年生でも同じクラスだったことが仲良くなった理由のひとつ。とはいえ、親友というわけではなく、朝や休み時間にちょくちょく話をするクラスメイトのひとりだ。

短い前髪、あごの下で平行ラインに揃えたボブカットで、ふちの細い丸メガネがトレードマーク。クラスでも大人しい部類の胡桃だけど、彼女もまた登校時間が早いので、最近ではいろんな話をするようになった。

マフラーとコートを丁寧にたたみ、通学バッグを机の上に置くと、今日も胡桃は椅子ごと私のほうへ向けた。

「季節が復活してきたね」

「復活？　ああ、春っぽくなってきたってこと？」

「そんな感じかな」

胡桃は変わった表現をすることが多い。詩を読むことが好きで、その影響を受けているらしい。

窓の外を見てから「ふう」と胡桃は小さくため息をついた。

「春ってすぐに散るから、はじまりというより終わりのイメージなんだ」

「あ、うん」

よくわからないままうなずくと、胡桃は恥じるように首を横にふった。

「ごめん。私、またわけのわかんないことを言ってるね」

「そんなことないよ。胡桃の表現方法、私は好きだよ」

素直に言うと、胡桃は恥ずかしそうにうつむいた。

大人の人以外とはそれなりに話せる私と違い、胡桃はいつも大人しい。最初は私との会話もぎこちなかったけれど、この二年でだいぶすらすらと話せるようになった。

「桜とかも満開なのは一瞬でしょう？　卒業式とかもあるし、それに……春っていい思い出がないんだよね」

「あ、お姉さんが家を出たのもこれくらいの時期だっけ？」

胡桃のお姉さんは大学二回生。県外の大学に通っているのでひとり暮らしをしているそうだ。

一瞬苦い顔を浮かべたあと、胡桃はわずかにうなずいた。

「そうだね」

「お姉さんの名前、なんだっけ？　最近は家に帰ってくることって――」

「そんなことよりさ」

言葉の途中で胡桃が顔をあげた。

「紗菜はなにか春の思い出ってないの？」

家族の話になると胡桃は違う話題をふってくる。詳しい事情は知らないけれど、姉妹仲があまりよくないそうだ。ひとりっ子の私からすれば姉妹がいるってすごくうらやましいけれど。

いつか家族の話もできるようになりたいけれど、私たちの距離はまだ遠い。休みの日とかに遊ぶようになれば、また違ってくるのかな……。

気を抜くと視線が勝手に翔琉に向いてしまう。

翔琉には歳の離れた兄がふたりいる。ひとりは結婚していて、もうひとりは海外にいる。ふたりにもずいぶん長い間会ってないな……。

寝ている翔琉に登校してきた男子が声をかけた。あ、起きた。笑った。

まるで子犬みたいな翔琉から胡桃へと視線を戻した。

仲良くなるには、まず自分のことをちゃんと話さないとね……。

「春の思い出だっけ？　子どものころに体験した不思議な出来事があるんだけど、その話でもいい？」

答える代わりに胡桃は背筋を伸ばしてうなずいた。聞く態勢はできている、ということだろう。

「裏山の表側ってわかる？　駅側のほうのことを勝手にそう呼んでるんだけど」

「わかる。昔は立ち入り禁止じゃなかったよね」

「小学生のころは、そこで遊んで帰ることが多かったの。五年生の春……ちょうど今くらいの時期だったと思う。五人くらいで放課後に探検みたいなことをしてて、そのうちに鬼ごっこをすることになったんだよ」

そのときに誰がいたかはおぼろげだけど、翔琉がいたことだけは覚えている。

思い出はにおいを伴うことが多い。教室のなかにいるのに、ふわっと土のにおいが鼻腔をくすぐる気がした。

「鬼から逃げているうちに、山の中腹あたりまで来ちゃってね。そのまま進んだらなにかに足を取られて小さな崖から下に落ちちゃったの」

「え……」

おびえた表情になる胡桃から、あの日の出来事へ思いを馳せる。

転げ落ちた場所から見あげた曇り空、枯れた竹の葉に混じる鉄のようなにおい。

「そんな高さもなかったんだけど、たまたま下にあった細い竹が肩に刺さって大けがしたんだよね」

「そんな悲劇が起きたの？」

「悲劇ってほどでもないの。なぜなら、ぜんぶ夢だったから」

「え？」

意味がわからない、というふうに眉をひそめる胡桃に笑ってみせた。

「気づいたら家で寝てたの。救急車に乗ったことも、病院に駆けつけた母親が泣いていたことも覚えているのに、壮大な夢オチだったわけ。もちろん肩に傷もないし、そもそも裏山にも行ってなかったみたい」

ホッとする胡桃から、さりげなく翔琉へ視線を向けた。もう彼は男子たちとゲラゲちゃうんだよね」

ラ笑っている。

「夢でよかったね。想像しただけでも震えちゃうもん」

自分の両腕を抱いて胡桃は体を縮こませている。

「すごくリアルな夢だったから今でも覚えているし、しばらくは実際に起きるんじゃないか、っておびえてた。だから春、って言葉を聞くと、その夢のことを思い出しちゃうんだよね」

それくらいあの夢は私の心に今も残っている。

「裏山には行かないでね。怖いから」

メガネの奥にある目が気弱そうに揺れている。心配してくれる胡桃がうれしかった。

「行かないよ。実際、あれ以来近づいてないし」

そのとき、前の扉から長い髪を揺らして泉亜加梨が入ってくるのが見えた。誰にも挨拶せずに歩いてくると、胡桃の斜め前の席にどすんと腰をおろした。

胡桃は気づいているのだろうけれどふり向くこともせず、だけど思いっきり意識しているのか、せわしなくメガネの位置を人差し指で直している。

亜加梨はクラスで浮いている。必要なこと以外は話さないし、学校も休みがち。課題をやってこないのも当たり前で、小顔で美しい顔を隠すみたいに怒った表情を常に貼りつけている。

初対面から私や胡桃だけじゃなく、クラスの女子全員を呼び捨てで呼んでいる。それなのに、決して誰とも深く関わろうとはしない。ウワサでは大学進学もやめたらしい。

中学が同じというクラスメイトの情報によると、中学二年生のときに両親が離婚したそうだ。それ以来、亜加梨は一匹狼みたいになってしまった、と。

うちも両親が同じくらいの時期に離婚をしているので、その気持ちは少しだけわかる。反抗期と重なったせいで、お母さんに八つ当たりもしたし、家を出たお父さんを憎んだこともあった。

だけど、今は違う。仲が悪いまま一緒にいなくてよかったと思えるようになったし、たまに三人で外食するのも平気になった。

……結局、人は慣れる生き物だから。

欠けてしまった破片はもとには戻せないし、いびつな家族でも受け入れるしかない。そう思えるようになった。

同じ境遇の亜加梨とも仲良くなりたい気持ちはあるけれど、自分から話しかけたことはない。大人が苦手なだけじゃなく、大人っぽい子も苦手なのかもしれない。

チャイムが鳴りだすのをきっかけに、みんなが席に戻っていく。

視線を感じ顔を巡（めぐ）らせると、翔琉がうれしそうに白い歯を見せて笑っていた。本当に子犬みたい。思わず笑みを返しそうになる自分を抑え、軽くうなずいてから前を向いた。

たしかめるように胸に手を当てると、やっぱり鼓動は速くなっていた。

バスを降りたとたん翔琉が私の手を引くから、転びそうになった。

「危ないって」

文句を言いながら見ると、駅前通りに沿って植えてある桜の木の手前に『さくらまつり　四月八日〜九日』と書かれた看板を設置しているところだった。ついに今年の開催日が確定した模様。道行く人もスマホで写真を撮っている。

「ほら、さくらまつりの準備をしてる」

「四月になったら一緒に見よう。約束だからな」

「約束しなくてもどうせ帰り道だし」

ああ、どうして思ってもいないことを言ってしまうのだろう。翔琉に誘われてうれしいのに、それを認めてしまったらゲームオーバーになる気がしているのはなぜ？

もっと素直になればいいのに、もっと気持ちが伝わればいいのに。ううん、このまま伝わらなければいいのに。寝る前にくり返す後悔は、答えのないクイズみたい。どう行動するのが正解なのか自分でもわからない。

「紗菜は冷たいな。でもそういうとこが好きだけど」

あっけらかんと言う翔琉に思わず足を止めていた。

「そういうの言わないほうがいいよ」

「なんで？」

「好きって、簡単に口にする言葉じゃないでしょ。周りが見たらヘンに思うし、もしも翔琉のことを好きな子がいたら勘違いしちゃうじゃん」

たまにこういう注意をしても、翔琉はどこ吹く風。

「好きなら好き、って言いたいし。親にも、友だちにも、近所のノラネコにだって言ってるんだからやめようがない」

私はノラネコと一緒なのか、とガッカリしてしまう。

「そうだけど、私は一応女子だし」

「紗菜が迷惑ってこと？」

たまに翔琉と話をしていると、話が通じずにもどかしくなるときがある。

「違うよ」

「ならいいじゃん。人酔いを考慮して、まつりは遠くから見るだけにするからさ」

横顔で笑う翔琉にぶすっとした表情を返した。

好きと言われるたびにうれしくてせつなくて、悲しくなる。たったひと言の温度差があまりにも大きいことを実感してしまうから。

いつか翔琉の魅力に気づく人が現れて、彼に告白をするのでは……。悪い予感が現実にならないように願っていることを、翔琉は知らないんだろうな。

「翔琉って人たらしだよね」

嫌みを言ったつもりなのに褒められたと思ったのか、翔琉はうれしそうに八重歯を見せてくる。

総菜屋さんの軒先にならんだコロッケを眺めていると、「それにさ」と翔琉が言った。

「人間なんていつ死ぬかわからないだろ？　だったら好きな人に好きって伝えたほうが後悔しないし」

「まあ……それはそうかも」

「ばあちゃんと約束したんだ。好きな人にちゃんと好きだって伝える、って」

翔琉のおばあさんは彼が小学五年生のときに亡くなった。ちょうど鬼ごっこの夢を見た前後だった記憶がある。

「おばあさんとの約束だったんだ？」

「そう、ペンダントの約束」

制服のシャツのなかにこっそり忍ばせているペンダントを見せてくる翔琉。シルバーのチェーンの先に、同じくシルバーでできた小型のロケット型のペンダントがついている。

学校にまでつけてきているのは知らなかった。見つかったら没収されそうなものだけど……。

「ペンダントの約束？　それって、おばあさんの形見だっけ？」

「そう。好きな人に好きと伝えて、それで――」

言いかけた言葉を呑みこむように喉を動かした翔琉は、「ていうか」と首をかしげた。

「紗菜もちゃんと気持ちを言葉にしたほうがいいよ。じゃないと、いつか後悔することになるから」

「そうかな。言葉よりも気持ちが大切なんじゃないかな」

「いや、それは違う」と、翔琉はわざとらしく胸を張った。

「どんな気持ちでも言葉にしないと伝わらない。言葉は人間に与えられたコミュニケーションツールであり――」

「はいはい。もうわかったよ」

結局、いつも私が折れることになる。

「私も翔琉のこと、ちゃんと好きだから。あ、深い意味はないからね」

そう言うと翔琉は少年みたいな笑顔になった。

翔琉はなにも変わっていない。彼への想いに気づいた日から変わってしまったのは私のほう。幼なじみに恋をした罰をずっと受けている気分だ。

「やっと紗菜に好きって言ってもらえた。うれしいなあ」

そんなことを言うから、私もつい笑ってしまった。たしかに、言葉にすると少しだけ胸がスッとした。ＬＩＫＥじゃないほうの〝好き〟だと、いつか翔琉に伝わるといいな……。

片想いは、果てしない宇宙を旅しているようで、行き先も操縦の仕方もわからない。暗闇のなかで漂い、迷い、落ちこみ……。ああ、また暗い思考になってしまう。

気持ちを切り替えて隣を見ると、翔琉が難しい顔で足を止めた。

「どうしたの？」

お腹でも痛いのかな。昔から胃腸が弱かったことを思い出して尋ねても、翔琉は彫刻のように微動だにしない。

しばらく「んー」と宙をにらんでから、翔琉は私に顔を近づけた。

「好きと言ってもらえたお礼に俺の秘密を教えてやるよ」

「え……なに？」

なぜだろう。急に私たちの周りにある空気が硬くなった気がした。秘密ってなんのことだろう……。

たっぷり間を取ってから翔琉はひとさし指をあげた。

「俺、時間旅行ができるんだよね」

思わずガクッと崩れそうになる自分を我慢する。

「……時間旅行？　それってなに？」

「まだ秘密。でも紗菜がどうしようもないくらいの後悔を背負った日には、俺が時間旅行をして後悔を物色してやるから」

「物色じゃなくて払拭じゃない？」

時間旅行の意味はわからないけれど、言葉のチョイスが違うのはわかった。なのに、翔琉はいぶかしげに眉をひそめる。

「ちゃんと払拭って言ったつもりだけど」

きっと今見ているアニメとかの影響だろう。時間旅行がどういうものなのかはわからないけれど、タイムスリップみたいなものなのかも。

詳しく聞いてしまったら、翔琉のことだからあと三十分は語り続けてしまうだろう。

「じゃあ、もしものときはお願いするね」

「任せとけ」

胸にドンと拳を打つ翔琉に、見た目は変わっても心は子どものままなんだと思った。

さっきまでの硬い空気も消えている。

いつもの四つ角が前方に現れた。商店街を抜けて三つ目の交差点で、今日もさようなら。

「またな」

翔琉は右の道へ進み、

「またね」

私は左へ足を向ける。しばらく歩いてからふり向くと、翔琉は長い影と一緒に歩いていた。

——あの影になれたなら、翔琉のそばにずっといられるのに。

心の仮面を外せば、翔琉を想う気持ちがあふれてくる。こんなに長い間そばにいるのに、ううん——そばにいるからこそ、友だちのひとりを演じるしかない。

うしろ姿になら素直になれるのに、翔琉の前では意地を張ってばかり。一緒にいたいのに、すぐに離れたくなる。好きと伝えたいのに、好きだけが伝えられない。

片想いなんて早くやめてしまいたい。それならもっと普通に翔琉と話せるのに。

「帰ろう」

ひとりつぶやいて歩きだすのと同時に、右側の車道にブレーキ音をきしませて車が急停車した。左前とうしろのバンパーがへこんでいる青色の自動車。お母さんの車だ。

「お帰り、紗菜」

助手席の窓を開けたお母さんが、運転席で手をふっている。

「びっくりした。あれ、今日は準夜勤じゃなかった？」

お母さんは郊外にある総合病院で看護師をしている。

しっかり者のお母さんと、仕事が長続きしないお父さん。昔からケンカばかりしていたけれど、何度目かとなる〝相談もなく勝手に退職事件〟で限界に達したお母さんは離婚を決意。

私を出産する前に辞めていた看護師の仕事に翌週から復帰し、三カ月後にはお父さんを家から追い出した。今では看護師長にまで昇りつめたそうだ。

「そうなんだけど、忘れ物しちゃって家に戻ってるところなの。ほら、乗って乗って」

「家はすぐそこだし大丈夫。それより仕事に遅れちゃうよ」

歩いて三分もかからないので車に乗るほどでもない。

「それでもいいから乗って」

譲らないお母さんに、助手席のドアを開けた。乗りこむ前にうしろを見るが、もう翔琉の姿は見えなくなっていた。

車が走りだすと、すぐに景色が溶けていく。

ハンドルを両手でしっかり握るお母さん。直角に座り、ハンドルまでの位置もかなり近い。

「それ、余計に運転しにくくない?」

「このほうが運転しやすいの。こう見えても安全運転で無事故無違反なんだから」

お母さんは、いつも髪をきっちりまとめていてきれいなのに、なぜか服装にはこだわらず万年ジャージ姿。

今日も、黒いジャージの上に薄手のジャンパーを羽織っている。本当ならナース服のまま出勤したいそうだけれど、感染予防のため禁止されているそうだ。

「安全運転って言うわりにはぶつけてばっかりじゃん。前から言ってるけど、電動自転車に変えたら? そのうち大きな事故に遭いそうで心配なんだけど」

「大丈夫よ」

お母さんの大丈夫ほど当てにならない言葉はない。うちの駐車場の柱や壁には、車の青い塗料がいくつもこすりつけられている。無事故無違反とは言えないと思うんだけど、指摘したらすねるだろうから言わない。

「そういえば、さっき翔琉といた?」

「あ、うん」

「また背が高くなってなかった? うちにも遊びに来るように言っておいてよ。お母さんも久しぶりに会いたいから」

「わかった」

あっという間に家に到着すると、お母さんは門の前に車を停めたまま慌ただしく玄関に入っていく。遅れて外に出ると、空は夕焼けのないまま暮れようとしていた。

再びドアが開き、お母さんが飛び出してきた。忘れ物の正体はスマホらしく、右手に握りしめている。

「カギはちゃんとかけてね。チェーンも忘れないで。チャイムが鳴っても出なくていいからね」

夜勤や私が休みの日はいつも同じことを言ってから出勤していく。走り去る車を見送ってから家のなかへ。

もちろんカギを閉めてからチェーンロックもかけておく。

しんとした家にも慣れた。キッチンにラップのかかったチャーハンが置いてあり、脇にはメモが置かれている。

【カギはちゃんとかけてね。チェーンも忘れないで。チャイムが鳴っても出なくていいからね。行ってきます】

さっきと同じ言葉が文字になっている。苦笑してから二階の部屋に行く。

ふたりで住むには広い部屋にも慣れた。

離婚を機にお父さんは、サファリパークの飼育員に転職した。子どものころからの夢だったらしく、たまに会うと動物の話をうれしそうにしてくれる。先月からは飼育だけでなく、園内ガイドも担当しているそうだ。養育費もきっちり払ってくれているし、お小遣いもくれたりする。

家族の形は変わってしまったけれど、今では納得している。いや、しょうがないと言ったほうが近いかもしれない。私たちは与えられた環境のなかで生きていくことしかできないから。

制服を脱ぎ、お母さんとお揃いのジャージに着替える。肩に傷跡がないか、チェックするクセがついている。

そうして、また翔琉のことを考えてしまう。

今ごろなにをしているのかな。さっき別れたばかりなのに、もう会いたくなっている。

こんな気持ち、翔琉は一生知らないままなんだろうな……。

三月八日、金曜日。今日は朝からおかしかった。

起きた瞬間、またリアルな昔の夢を見たような気がしたのがはじまり。悲鳴とともに泣きながら目が覚め、しばらくは呆然(ぼうぜん)として動けなかった。額にも背中にも汗をびっしょりかいていて、お腹のあたりにモヤモヤと吐き気のようなものが渦巻いていた。

「なに……今の」

口を押さえてつぶやくそばから、夢の断片はバラバラに砕けていくよう。

鬼ごっこの夢じゃないのはたしかだ。高校の制服を着ていて……。

思い出そうとする頭を切り替えたのは、トラウマを再体験するのが怖かったから。

浮かびそうになる映像を無視しているうちに、徐々に吐き気も消えていった。

たくさん寝たはずなのにやけに眠くて、授業中もぼんやりして過ごした。悪夢の断片を引きずるような重い空気がまとわりついている。

そして、今は放課後。みんなが帰ったあとも、教室に残っているのは理由がある。

天気予報が的中したらしく、昼過ぎに降りはじめた雨はゲリラ豪雨のように激しく地面を叩（たた）いている。クラスラインで【午後から雨。カサを忘れずに】というメッセージが来ていたらしいが、悪夢のせいで見逃してしまった。

六時間目の授業は、警報が出たおかげで中止になった。

窓ガラスを打つ音は激しく、教室の照明を薄暗く感じさせる。雨が降るごとに春に近づいているのだろう、この一週間で寒さはやわらいできている。

図書室に行くという胡桃から予備のカサを借りたけれど、帰る気になれないまま残っている。

昨日の夢のなかでもたしか雨が降っていた気がする……。

ため息をつき、壁の時計を見る。次のバスに乗るなら、そろそろ向かったほうがいい時間だ。けれど、体が鉛のように重くて動く気になれない。

今、教室にいるのは私と亜加梨だけ。もちろん話しかけるという選択肢はなく、ひとり雨の音を聞いている。

亜加梨も私の存在なんてないように授業中だけ結んでいる髪をほどき、スマホを眺めている。

あ、目が合ってしまった。慌てて視線を逸らし、窓の外へ顔ごと向ける。

少し小降りになってきているみたいだから帰ろうかな……。

「なによ」

亜加梨の鋭い声に思わず体を縮こませた。にらんでいると思われたのかな……。

恐る恐る顔をあげると、亜加梨はスマホを耳に当てていた。

「だから行かないって。ひとりで帰ればいいじゃん」

久しぶりに聞く声は怒りに満ちていた。

「は？　マジでウザいんだけど！」

スマホを叩きつけるように切ったあと、亜加梨は教室を出ていってしまった。

しんとしたなか、雨の音だけが響いている。帰るなら今しかないだろう。

小走りに階段をおりて昇降口で靴を履き替えていると、外から翔琉がカサをたたみながら入ってきた。

「え、先に帰ったんじゃなかったの？」

今日はおばあさんの周忌があるので親戚が集まっていると聞いていた。

驚く私に翔琉は「ちょっとね」と肩をすくめた。

「忘れ物をして戻ってきたんだ」

「あ、そうなんだ。今からだと次のバスに間に合うよ」

「じゃあ、一緒に帰ろう」

ニッコリ笑う翔琉に思わず噴き出してしまう。

「忘れ物を取りに来たんでしょう？　ダッシュで取ってきたら？」

けれど翔琉は再び外に出ていってしまった。追いかけると、さっきまでの雨が嘘みたいにやんでいた。気の変わりやすい春の天気が不満なのか、風がうなり声をあげるように吹き荒れている。

バス停に着くまでの間、翔琉は珍しく無口だった。

バス停に生徒の姿はなく、赤いカサを手にした若い女性と、スーツを着た中年のサラリーマンが並んでいるだけだ。

「紗菜」

列に並ぶ私に、翔琉が言った。ふり向くと翔琉の顔が至近距離にあったから、思わずのけぞってしまった。

「びっくりした。え、なに……？」

思い詰めているような顔に、悪い予感が雨雲のように広がった。

「大事な話があってさ……。どうしても伝えたいことがあるんだ」

あまりにも真剣な声と瞳。これが翔琉の言っていた忘れ物だとしたら……。不安と期待が入り混じり、ひとつに溶けていく。注視するなか、翔琉の口が静かに開いた。

「俺さ、紗菜のことが本気で――」

「ねえ！」

気づけば大声で言葉をさえぎっていた。女性とサラリーマンがいぶかしげにふり向くのがわかり、翔琉をうしろのほうへ連れていく。

「なんだよ。ちゃんと最後まで聞けよ」

不服そうな翔琉に「ごめん」と謝りながら、胸が痛いほど速く鼓動を打つのを感じる。

翔琉は本気で告白しようとしているのかもしれない。

何度想像したかわからない、翔琉からの告白がされようとしている。でも、実際その場になると、心に生まれるのは恐怖に似た感情だった。

これまでの関係じゃなくなることがただ怖い。こんなふうに毎日そばにいられるだけで幸せなのに、先へ進んでしまったら次にあるのは悲しい別れだから。

翔琉はそこまで考えていないだろうし、理由を説明しても納得しないだろう。

そのとき、ふと翔琉が手にしているペンダントに気づいた。

「おばあさんのペンダント？　なんで外しているの？」

「ああ」と翔琉は手元に視線を落としたあと、ひょいと私に差し出してきた。

「これ、やるよ」

「え？　だって……形見なんでしょう？」

「いいから、まずは受け取って」

手のひらに無理やり載せられたロケット型のペンダントは、思ったよりも重さがあった。なにか文字が記してあるけれど、薄暗くてよく見えない。

「こんなのもらえないよ。あげる人を間違ってる」

けれど、翔琉は首を静かに横にふった。

「好きな人に持っていてもらいたいから。――俺、本気で紗菜のことが好きなんだよ」

不意打ちの告白。聞きなれた〝好き〟の言葉が、何倍もの衝撃でズンと胸の奥に響いた。

「あ……。あの、それは……」

形見をもらい、告白をされる。予想もしていなかった展開に頭が真っ白になる。

同時に、昨日見た夢の場所がここだったことを思い出した。内容はわからないけれど、雨あがりのバス停を、夢のなかでたしかに見た。

「わ、私も忘れ物をしちゃったみたい……」

バレバレの嘘が口からこぼれ出た。

翔琉はいたずらが見つかった子どもみたいに照れた顔をしてから、駅のほうを指さした。

「返事はあとで聞かせて。先に行ってるからさ」

……私と同じバスに乗らず、駅前で待っているから返事を聞かせろ。そういうことなのだろう。

「さくらまつりのときじゃ、ダメ？」

せめて期限を延ばしてほしくてお願いするが、翔琉はなにも答えてくれない。

エンジン音を響かせてバスがやってきた。

『ご乗車ありがとうございます。先の道がぬかるんでいるため、徐行運転をしております。お時間がかかることにご理解ください』

アナウンスが聞こえるなか、女性とサラリーマンがバスに乗った。翔琉はバスのステップに足をかけるとふり向いた。

「のんびりでもいいよ。ずっと待ってるから」

やさしい笑みを残して翔琉は奥の席へ向かい、私の立つほうとは逆側の椅子に腰をおろした。ドアが閉まり、ゆっくりとバスが走りだす。

見送ることしかできないでいると、再び雨が降りだした。右手に持ったままのペンダントに雨粒が跳ねている。

どうしよう……。駅で待つ翔琉に返事をしなくてはいけない。

それにこのペンダントもどうすればいい？　おばあさんの形見なんてもらえないよ。

翔琉のおばあさんに会ったことはあるけれど、昔のことすぎて記憶はあいまいだ。

やはり、おばあさんが翔琉に託した大切な物をもらうわけにはいかない。

「返さないと……」

ペンダントは断るとして、告白の返事はどうすればいいのだろう？

思考にふけっていると、黒いカサを差した女子生徒がこっちに向かってくるのが見えた。バス停にいる私に気づくと、彼女はカサを少しずらした。

「あ、紗菜だ」

うれしそうに駆けてくるのは胡桃だった。

「今まで図書室にいたの？」

胡桃は私のそばに来ると、なぜかバス停のあたりを凝視した。

「誰か……二十代くらいの女の人、いなかった？」

「ああ、いたよ。ちょっとキレイ系の人？」

「バスに乗ったんだね。あーよかった。ずっと帰るチャンス待ってたの」

ホッとする胡桃に首をかしげると、急にアワアワとカサを持っていないほうの手を横にふった。

「あの……たぶんその人ね、私のお姉ちゃんなの」

胡桃が自分からお姉さんの話をするのははじめてかもしれない。これまでは私が尋ねてごまかされる、のくり返しだったから。

「お姉ちゃん――凛ってい う名前なんだけど、【今日はOB訪問があるから、午後くらいに学校に行く】なんて朝にメールしてきたんだよ。会わないように一日隠れるのが大変だったの」

そういえば昼休みに同級生の男子とそんな会話をしていたっけ。

「どうりで休み時間になるとトイレにこもってたもんね。そんなに苦手なんだ？」

「うん」

はっきりうなずいた胡桃が、大きくため息をついた。

「昔はそうじゃなかったんだけど、お姉ちゃんが大学に行ったころからうまくしゃべれない。嫌いっていうか、苦手っていうか……」

「今は家を出ているんじゃなかった?」

「大学が県外だからね。会わなくて済むって安心してたのに、まさか学校に来るなんて思わなかった」

本気で苦手なのだろう。湿った目で胡桃はバス停のあたりを眺めている。

私はどうすればいいのだろう……。翔琉に告白されたことを誰かに相談に乗ってほしい。でも、友だち以上親友未満の胡桃に相談するのは気が引けた。

……バスに乗ったらちゃんと考えないと。

ううん、きっと駅までの時間で答えなんて出ない。返事を保留にしてもらうか、断るしかないのだろう。

「ねえ、見て」

胡桃が校門のほうを見てささやくように言った。見ると、カサも差さずに亜加梨がバス停に向かってくるのが見えた。

亜加梨も帰ることにしたみたい。私たちのいる場所の数メートル前で立ち止まり、小雨のなかスマホを操作しだしている。いつものように、私たちのことは無視するようだ。

次のバスは五分後には来る。それまで会話をしないのもヘンな気がしたけれど、さっき電話の相手に怒っていた口調を思い出すと、自分から話しかける勇気は出てこない。

やがて――雨は再び強く地面を叩きはじめた。

亜加梨は困った顔でスマホをスカートのポケットにしまった。

「親切ってその人にとっては迷惑になったりするよね？」

胡桃がヒソヒソ尋ねてくるので、

「うん」

「だから私はできないけど、紗菜ならきっとできるよ」

よくわからないことを胡桃は言う。つまり、私がカサに入れてあげるべきだ、ということだろう。たしかにこのまま放っておくのはクラスメイトとしてはダメな気がする。

勇気を出して亜加梨に近づく。

「あの、バスが来るまでカサに入る？」

「いい」

一瞬で断ったあと、亜加梨は空を恨めしそうに見てから「やっぱりお願い」と言って私のカサに入ってきた。

隣に立つだけでいい香りがした。濡れている髪をハンカチで拭きながら、亜加梨はまたスマホとにらめっこ。カサには入れてもらうけれど、話をする気はないらしい。

しばらく待ってもバスは来なかった。バス停には学校に残っていた生徒が少しずつ増えてきて、比例するように雨も強さを増している。

「雨が世界を洗っているみたい」

胡桃のいつもの調子に、亜加梨は眉をひそめたがすぐにスマホに視線を戻した。

夜が近いのだろう、雨雲はさらに黒さを増している。

翔琉のことが好き。ずっと好きだった。

もしも恋人になれたなら、という想像は死ぬほどしてきた。

……だけど、怖い。

恋には必ず終わりがくるし、初恋は実らないとドラマでもアニメでもくり返し言っていたから。

きっと翔琉は、すごい勇気を出して告白してくれたのだろう。それを考えると胸がしくしくと痛んだ。

ふと、遠くでサイレンが聞こえた。これは……救急車？　近づいてくる音に緊張していると、山のあたりで音はかき消えた。

「おい、お前ら！」

担任の内藤先生が転がるように駆けてきた。カサもささずに必死で走る内藤先生にイヤな予感が生まれた。その顔には恐怖が貼りついている。

生徒のひとりが、

「バス来ないんですけど、俺ら忘れられてる？」

とおどけ、周りの男子が笑う。

が、内藤先生は私たちを確認するように見渡してから口を開いた。すぐにキュッと閉じてまた開く。話せないくらいのショックが内藤先生の言葉を奪っているみたい。

さすがに誰もがただごとじゃないと気づいたらしく、内藤先生の周りに集まってきた。しばらく息を整えたあと、内藤先生は言った。

「裏山で土砂崩れが起きて……。バスが事故に遭ったらしくて――」

その言葉を聞いたとたん、私はカサを放り投げて走りだしていた。水たまりが跳ねるのも気にせずにバス通りを走る。

――バスが事故に!? それって今出ていったバスのことなの？

先生の呼び止める声がどんどん遠ざかっていく。

裏山を削って作ったという県道は、急な坂道が続いている。必死に走るけれど、雨が行く手を阻むように激しく降っている。

「待って！」

うしろから胡桃がびしょ濡れで走ってくるのが見えた。そうだった。胡桃のお姉さんも乗っているんだった……。

追いつくのを待ってからふたりで走った。

坂をのぼりきると今度は下り坂。しばらくおりていくと、やっと道の先まで見渡せる場所へ出た。

「あ……」

思わず声を出したのは、先の道に信じられないほどの土砂が川のように流れていたから。ガードレールが途切れた場所に車のタイヤ痕が確認できた。

必死で崖のそばまで行き見おろすと、崖の下に救急車二台と消防車一台が、雨を照らすように赤いランプを光らせている。向こうからパトカーが走ってくるのもわかった。

「嘘！」

隣で悲鳴をあげた胡桃が指さす先。そこにはひしゃげた形の鉄の塊があった。

あれは……バスなの？

気がつくと私は必死で坂道を駆けていた。何度も転びそうになり、それでも今起きていることがなにか知りたい。ううん、自分の予想を打ち消したい。

雨が邪魔でなかなか雨に進めない。パニックになっているのだろう、気づけば追いついた胡桃とお互いの腕を絡め合い震えていた。

容赦なく降り続く雨が、まるで『先へ行ってはいけない』と通せんぼしているみたい。

「しっかりしなよ」

ふいに私の腕をつかんだ人がいた。それは、亜加梨だった。

「え……？」

「ほら、行くよ」

よくわからないまま手を引っ張られ、片方の手を胡桃とつないだまま駆け出した。

県道のくねった道の先にある田んぼに、バスだった乗り物がくの字で倒れていた。

救助作業をする人たちの怒号が行き交うなか、担架に乗せられた人が運び出されている。

その顔は、私がよく知っている人で――。

「翔琉！」

駆け寄る私を、救急隊員が引きはがした。

「近寄らないでください！」

「でも、翔琉が。翔琉が……！　無事なんですか？　翔琉は無事なんですか!?」

少しでも翔琉に近づきたいのにどうして邪魔をするの!?

翔琉の顔は寝ているように見える。けれど、その顔はいつもより青白く、パトカーのランプが反射して明るくなったり暗くなったりをくり返している。

「翔琉！」

もうひとりの救急隊員が私の前に立ちふさがった。まるで見ないほうがいいと言っているように思えた。

「お姉ちゃん！」

叫ぶ声にふり返ると、バスから遠く離れた場所で胡桃が叫んでいた。

亜加梨はどこ？　雨が強くて視界がよく見えない。

「ああ……」

思わず声がこぼれた。

胡桃の前にある担架にふたりがかりで乗せられた人は、全身を青いシートで覆われていた。崩れるようにうずくまる胡桃のそばに行ってあげたい。

でも、翔琉が！

ふり向くと同時に、私は見た。

——翔琉の顔から流れる赤色の血を雨が流すのを。

——隊員が青色の布を被せて両手を合わせるのを。

——この世界が一瞬で、絶望の黒色に変わるのを。

第二章　ただ、君に会いたくて

学校に来たのは久しぶりだった。

今は何日なのだろう。頭がサビついたみたいにうまく機能してくれない。

校門から少し離れたところに車を停めたお母さんが、心配そうな顔で助手席の私を見た。

「無理しなくていいのよ。ダメだったらまだ休んでいても……」

「もうすぐ春休みだし大丈夫だよ」

明るい口調を意識したって、どうやったって笑みは浮かんでくれない。ぎこちなくこわばった頬に手を当てて、大きく息を吐いた。

あの事故で、翔琉は亡くなった。

それだけじゃない、胡桃のお姉さんである凜さん、亜加梨のお父さんも亡くなったそうだ。あのバス停にいたサラリーマンが亜加梨のお父さんだったらしい。

お母さんが涙ながらにしてくれた説明では、ゲリラ豪雨で土砂災害が起きたそうだ。流されたバスがガードレールの間から転落したことによる事故。運転手だけは重体ながらも生きているとのこと。

晴れた空の下に、バス停が見える。あのとき交わした言葉が最後になるなんて、想像もしていなかった。

——もう、翔琉はこの世にいない。

そのことを考えると、大声で叫び出したくなる。

どうして翔琉なの？　どうしてこんなことが起きるの？

吐き気とともにこみあげてくる怒りを抑え、もう一度息を吐く。

結局、葬儀にも行けず部屋にこもって日々を過ごした。ぜんぶ悪い夢ならいいのに、と目が覚めるたびに思った。だけど、世界は黒く塗りつぶされたままだった。

今日だって本当は休むつもりだった。けれど、日を追うごとにひとりでいる時間が苦しくて……翔琉のあとを追いたいと思うようになった。自分で選ばなくても衝動的に死を選びそうな自分が怖くて、今日は登校することにした。

どんな景色もまるで古い映画を見ているように色を感じられない。

「つらかったら連絡して。迎えに来るから」

お母さんは今朝から何度もそう言ってくれている。お母さんだって仕事があるのに、私を心配し、事故の日以来、夜勤は代わってもらっているそうだ。

「ありがとう。心配かけて……ごめんね」

「なに言ってるのよ。親なら……当たり前じゃない」

涙を見せまいと外の景色に目をやるお母さんに頭を下げて車外へ出た。穏やかな春の朝も、まるで真冬のように心は震えている。

「ダメそうだったら連絡するね」

歩きだすと、すぐそばに見える校門。桜の木や昇降口にさえ、翔琉がいるようで。

一緒に桜を見る約束をしたのにな……。違う。私は彼の誘いをスルーしたんだ。いつもそうやって翔琉の提案を却下し続けていた。これまでの自分を思い返すと、罪悪感にさいなまれ消えたくなる。

涙はもう涸れてしまったらしく、この数日は出ていない。

校門に続く道には、何本もの桜の木が並んでいる。もうすぐ開花がはじまるのだろう、蕾がぷっくりとふくれていた。

教室に行くと、ざわめきが一瞬で消えた。私を見て固まるクラスメイトに、「おはよう」と言えた。

何人かの女子が駆けてくる。

「大丈夫？」――大丈夫じゃない。

「つらかったよね」――わからないの。

「あんなことが起きるなんてね」――今は考えられないんだ。

頭のなかが麻痺しているみたい。力の入らない足を動かし、なんとか自分の席へ向かう。胡桃が心配そうにこっちを見ている。

「胡桃。あの、ごめん……。ライン全然見てなくて」

胡桃だってお姉さんを亡くしているのに、毎日のようにラインをくれていた。けれど、返事ができずにいた。

「いいよ。そんなの全然いい」

「……ごめん」

席に座ると、晴れた空がまぶしい。

もしもあの日、雨じゃなかったら……。

警報がもっと早く出ていたなら……。

たくさんの〝もしも〟を考えてはあきらめるような日々だった。翔琉の机の上に置かれた白い花を見ないようにうつむく。

私のせいで翔琉がいなくなってしまった。事情を知れば、みんな私を責めるだろう。

「亜加梨は……？」

亜加梨の机に荷物はあるけれど、姿は見えなかった。

「先に保健室に行ってる。私たちもこれから行くんだよ」

胡桃の言った言葉は、数秒してからようやく理解できた。

「保健室？」

見ると、胡桃は通学バッグを胸に抱いている。

「先生が配慮してくれてね。三人でカウンセリングを受けるみたい」

「そう……なんだ」

きっとラインで送ってくれていたのだろう。

胡桃につられて立ちあがると、頭の遠くでめまいが生まれた。目を閉じて耐える私の手を胡桃が握った。あまりにも小さいその手はひどく冷たい。

目を伏せた胡桃が、「あの、ね」と小声でささやいた。

「この暗闇を一緒に歩いてくれる？」

いつものように変わった言葉を選ぶ胡桃。周りのクラスメイトは遠巻きに傷ついた私たちを見ている。

暗闇を歩く？　私にできるのかな？

今はそんな自信、一ミリグラムもないよ。

翔琉がいない。ずっとそばにいると信じていたのに、一瞬で人間はこの世からいなくなってしまうんだ……。

廊下に出て、保健室に着くまでの間、胡桃はしっかり手を握っていてくれた。事情を聞いているのだろう、ほかのクラスの生徒は私たちに気づくとスッと廊下のはしに逃げた。

この学校にはあまりにも翔琉との思い出が多すぎる。

「崖って……そんなに高い場所じゃなかったよね？」

胡桃に尋ねると、

「土砂のせいだよ。すごい勢いで流されて、下にあった岩に叩きつけ……」

そこまで答えてハッと口を閉じた。

「ごめん。こんな話して……」

「大丈夫だよ」

胡桃は青い顔をして気丈にふるまっている。私にもできればいいのに、頭のなかにあるのは後悔ばかり。

告白を途中でさえぎるんじゃなかった。ふたりで次のバスを待てばよかった。

どんなに悔やんでも、翔琉がこの世にいないことを受け入れなくちゃいけない。

もしも、時間が戻せるなら、どんなことをしてでも翔琉を止めるのに……。

保健室には亜加梨がいた。髪を結んでいない亜加梨に、保健室の先生も、担任の内藤先生も注意はしなかった。

亜加梨の隣にふたつ置かれた丸椅子に座ると、校長先生が目の前に腰をおろした。右側には、精神保健福祉士と名乗った中年の女性が座った。

校長先生は重い口調で、改めて翔琉と胡桃のお姉さんである凜さん、そして亜加梨のお父さんが遭った事故の詳細を話してくれた。保健室の先生は黙り、内藤先生はボロボロ泣いていた。

胡桃は真っ青な顔でうつむいていて、亜加梨は校長先生をまっすぐに見つめている。

精神保健福祉士さんはやさしい口調で、私たちの今の気持ちを順に尋ねていく。私は、なにも答えられなかった。心のなかが空っぽで、言葉なんてひとつも出てこない。

「また新学期になったら話をしましょう」

労りの言葉でさえ、私をすり抜けて宙に砕けて消えていく。

「今日は疲れただろうから、帰りなさい」

内藤先生がそう言ってくれたので、ノロノロと立ちあがり三人でバス停へ向かう。

さっきよりもまぶしい空に目をやられる。太陽光にさえ攻撃されている気分だ。

まだほかの生徒は授業中なので、バスに乗ったのは私たち三人だけだった。

「バスが事故に遭うなんてな」

通路を挟んだ隣に座った亜加梨がひとり言のように言った。

「……うん」

胡桃がぼんやりと答えた。

このバスは心を失くした人を運んでいるみたい。事故現場が近づくと、土砂崩れがあった場所では再発防止の工事がおこなわれていた。

「紗菜、大丈夫?」

青い顔で心配してくれる胡桃。自分だって極限の状態だろうに、気を遣ってくれている。

「……胡桃は？」

「大丈夫じゃないよ」

うつむく胡桃の向こうで、亜加梨は窓の外に目を向けていた。バスの揺れに合わせて、長い髪がサラサラと泳いでいる。

「私……」胡桃が声を絞り出した。

「お姉ちゃんと仲がよくなかったの。あの日も急にOB訪問で行くからって言われて、だけど会いたくなくて……。逃げ回っていたせいで、お姉ちゃん、あのバスに……バスに乗ることになったからっ」

大きな瞳から涙がポロリとこぼれ、胡桃はメガネを力なく外した。

「うちもだよ」

見ると亜加梨が私たちを見ていた。いつもの強気さはなりを潜め、今にも泣きそうに瞳を潤ませている。

「父親と仲が悪くってさ。あたしのせいで学校に呼び出しくらってたんだよね。『一緒に帰ろう』って言われてたのに、無視したせいで事故に巻きこまれた」

最後のほうはかすれて聞き取れなかった。

あの日、亜加梨が電話の相手に怒っていたことを思い出す。相手は亜加梨のお父さんだったのだろう。

ない。

「私も」と言えたのは、同じように傷ついているふたりを近くに感じたせいかもしれない。

たくさんの〝もしも〟を口にすれば、少しはラクになれるのかな……。

「翔琉を引き留めればよかった。なんで別々のバスに乗ったんだろう。信じられないよ、こんなこと……」

それから私たちは静かに泣いた。同じ悲しみを抱えているから、泣くことは恥ずかしくなかった。久しぶりにこぼした涙が温かくて、少しだけ生き返った気がした。

けれどこの先に待っているのは、暗い穴のなかを進むような日々。

「暗闇を一緒に歩いてほしい」

私がそう言うと、胡桃は嗚咽を漏らしながら手を握ってくれた。さっきの答えになるかはわからないけれど、同じ悲しみを背負った三人でなら歩いていける気がした。

アナウンスの声が到着を知らせ、やがてバスを降りた。

胡桃が「そうだ」と思い出したようにつぶやく。が、すぐにハッとした顔をして口を閉ざしてしまう。

亜加梨も見ていたらしく、「ん？」といぶかしげな顔をしている。

「……なんでもない。記憶の画像が急に頭に浮かんだだけ」

「なんだよそれ。胡桃ってたまにヘンなたとえをするよな」

胡桃は恥じるように首を横にふっていたけれど、やがておずおずと私を見た。

「あの、ね……。お姉ちゃんの葬儀の前日に、翔琉くんのお葬式に参列したんだけど」

「え？」

まさか胡桃が参列しているとは思っていなかったので驚いてしまった。

「ちょっと不思議なことがあったの。話をしてもいい？」

うなずくと、胡桃はメガネの横フレームに手を当てて口を開いた。

「前に紗菜、子どものころに裏山でケガをしたことを話してくれたでしょう？」

「あ、うん」

話の流れが見えないままうなずいた。

「ケガってなんのこと？」

亜加梨の問いに、まだぼやけている頭を必死で起こした。

「現実に起きたんじゃなくて夢の話なの。小学五年生のときに裏山で鬼ごっこをしていて、崖から落ちてケガをする夢を見たの」

「なんだ夢かよ」

あきれたように涙を拭う亜加梨に、胡桃がキュッと口をすぼめた。そして自分を奮い立たせるように両手の拳に力を入れた。

「お葬式で、棺桶で横になっている翔琉くんを見たの。すごくきれいな顔をしてた」

「うん……」

私には行く勇気がなかった。今だって同じだ。あんなにおばさんによくしてもらっていたのに、挨拶にすら行けていない。

「そのときにね、おばさんが言ってたの。『あの子、昔から傷だらけでね。肩の傷なんて一生残るくらいひどかったのよ』って」

ハッと顔をあげると、胡桃は真剣な顔でひとつうなずいた。

「すぐに紗菜の夢の話を思い出して、おばさんに傷の原因を聞いたの。そしたら、『小学生のころ、鬼ごっこをしてて崖から落ちたのよ。偶然生えていた竹で傷を負ってしまったの』って」

「え……待って」

リアルな夢は現実に起きていたことなの？　崖から落ちたのもケガをしたのも、私だったはず。なぜ翔琉がケガをしたことになっているのだろう。

「おばさんに詳しく話を聞こうとしたんだけど、ハッとした顔になったかと思ったら、その場からいなくなってしまったの」

「あ……」

サビついていた思考が一気に動きだすのを感じる。たとえるなら、長い迷路でさまよっているなか、急に目の前に出口が出現したような気分。

「きっとさ」と胡桃が続けた。

「紗菜は翔琉くんの事故とシンクロしたんだよ。自分のことのように感じて――」

「違う。それは違うよ」

きっぱりと否定した。翔琉がそんな事故に遭った記憶はない。

そうか。そういうことだったんだ……。

「ちゃんと説明しなよ。意味がわかんねぇし」

不機嫌そうにうなる亜加梨と戸惑う胡桃。ふたりに話をしていいのかな……。

ううん、私の考えていることが事実なら、きっとふたりにだって有益なはず。

ゴクリと唾を呑みこんでから、私はふたりに一歩近づいた。

「ひょっとしたら、三人の死をなかったことにできるかもしれない」

そう言う私に、ふたりはぽかんと口を開いていた。


胸に空いた穴を塞ぐには、時間が必要だと思っていた。

じっと身を潜めていれば、少しずつ痛みも薄れていき、やがて傷にかさぶたができるはず。見た目には傷ついていることがわからなくなり、前みたいに笑えるようになると――。

でも、今はまだ痛くてたまらない。翔琉の家の外壁を見たとき、おばさんにお悔やみを言ったとき、翔琉の遺影に手を合わせるときは、あまりにも胸が苦しくてその場にうずくまりたくなった。

おばさんは気丈にふるまっていて、葬儀に来られなかったことを謝る私に、何度も「大丈夫よ」と言ってくれた。

胡桃も亜加梨だって同じだ。自分たちも悲しみの底にいるのに気を遣ってくれている。それが申し訳なくて情けなくて、自分の弱さを痛感する。

……でも、もしも翔琉の死をなかったことにできるなら。

「じゃあ、お留守番お願いね」

おばさんがエコバッグを手に出ていくのを見届けるとすぐに、翔琉の部屋がある二階へ続く階段へ急ぐ。

「待ちなよ。マジで勝手に入るつもり？」

非難してくる亜加梨にうなずいた。胡桃もうしろで「え」と短く息を呑んでいる。

「勝手に人の部屋に入るのはよくないよ」

「それはわかってるけど……」

部屋の前へ進みドアノブに手をかけると、阻止するように亜加梨がドアを押さえてしまった。

「落ち着けって。おばさんを追い出しておいてこっそり家捜しするのはマズいって」

意外に真面目なことを言う亜加梨が胡桃とうなずき合っている。

思い出話をしているときに、『あの子をひとりにできなくて、買い物にも行けないのよ』とおばさんがさみしげに言ったのだ。だから私たちで留守番をすることを提案すると、おばさんはいそいそと出かけていった。

「翔琉とは幼なじみなの。昔はしょっちゅうお互いの部屋で遊んでたし、なにがどこにあるかも知ってるから」

が、亜加梨はドアを押さえる力を解いてくれない。

「最近は行き来してないんだろ？」

「最近は……ね」

鋭い亜加梨に口ごもってしまう。昔はよく遊びに来たのに、この数年は部屋にあがっていない。それでも、この部屋の先に私が求めている答えがあるかもしれない。

亜加梨と同じくドアを押さえる胡桃が私の顔を覗きこんできた。

「それよりさっきの話をちゃんと聞きたい。ほら、三人の死を――」

「なかったことにできるかもしれない」

同じ言葉をくり返すと、胡桃は気弱そうに手をおろした。逆に亜加梨は「あのなあ」と声を低くする。

「こういうときに言っていい冗談と悪い冗談があるだろ」

「わかってるよ。そんなのわかってる」

「だったらなんで言うんだよ」

ふたりに提案して、すぐに翔琉の家を訪れた。詳しい事情を説明しても、きっとふたりは信じてくれないと思った。

でも、ここから先へ進むためにはふたりの協力が必要だろう。

「ちゃんと説明するからなかに入ろう」

強引にドアを開けてなかに入ると同時に、鼻の奥がツンと痛くなった。

翔琉のにおいだ……。久しぶりに感じる翔琉の存在が、思い出を刺激して涙を誘っている。

絨毯(じゅうたん)敷きの六畳間。小学生のころから使っている机はきれいに片づいていた。脇にはシングルベッドと、棚、そして本棚があるだけのシンプルな部屋だ。

絨毯のまんなかに座ると、ふたりはキョロキョロと部屋を見渡しながら私の前に腰をおろした。

「翔琉がいなくなる少し前にね――」

まだ『亡くなる』とは口にできない。

「私に言ったの。『俺の秘密を教えてやるよ』って」

「秘密?」

胡桃の問いにうなずく。

あれは、ふたりで帰る途中のことだった。つい最近のことなのに、ずいぶん前のことのように思える。

「翔琉は言っていた。『俺、時間旅行ができるんだよね』って」

「は？　なにそれ」

あきれていることを主張するように顔を前に出す亜加梨。そうだろうな、と思う。私も言われたときは意味がわからなかったし、適当にスルーした記憶がある。

「続きがあるの。『紗菜がどうしようもないくらいの後悔を背負った日には、俺が時間旅行をして後悔を払拭してやるから』って」

払拭という言葉を間違えた翔琉がなつかしくて、思わず笑みを浮かべそうになる。そして、次の瞬間にそれは悲しみ色へと変わってしまう。

だけど今は、思い出に負けている場合じゃない。

「リアルな夢を見たって言ったでしょう？　あれがもしも夢じゃなくて本当に起きたことだとしたら説明がつくの。ケガをした私を助けるために翔琉が時間を巻き戻してくれたんだよ」

「それって……」

胡桃が口を開いたけれど、もう少し説明をしたい。首を横にふると、胡桃がキュッと口を閉じてくれた。

「時間を戻した翔琉が、私の転落事故を防いでくれた。それなら肩の傷だって説明がつくと思う。だとしたら、翔琉がしていた時間旅行を私たちにもできるんじゃないかな」

ふたりは口を挟むことなくまっすぐに私を見つめている。

「きっとこの部屋のどこかに、時間旅行のヒントが残されていると思うの」

気圧（けお）されるように黙る胡桃から亜加梨に視線を移すと、耳をポリポリかきながら不機嫌そうにそっぽを向いてしまった。

「ありえねえし。てか、あんたってそんなキャラだっけ？」

「……違う、と思う」

「こんな架空の話をするためにここまで来たわけ？　時間旅行なんてＳＦ映画じゃあるまいし、いい加減にしなよ！」

勢いよく立ちあがった亜加梨の手をとっさにつかんでいた。引きはがそうとする亜加梨に負けないように必死で握る。

「亜加梨だって後悔してるんだよね？」

「…………」

「身近な人が急に亡くなるなんて思わないもん。私もそうだった。まさか翔琉がいなくなるなんて……そんなの想像もしてなかった」

　引っ張る力がなくなるのを確認して手を離すと、亜加梨は腕を組んでドアに寄りかかった。

「続けて」

「……死の前で、私たちにできることはなにもない。でも、翔琉の言っていたことが本当なら、私は信じたい。あの日に戻って、みんなの命を救いたいの。そうじゃなきゃ、私……生きていけないから」

　こらえていた涙は、簡単にあふれた。川のように頬を流れ、最後は鼻声になってしまう。

　翔琉……。あなたに会いたい。もう一度、会えるのならなんだってやるよ。

「紗菜」

　胡桃が私にハンカチを差し出してくれた。

「私も信じたい。ううん、信じる。翔琉くんが紗菜に言った言葉、おばさんが教えてくれた事故のことが、私たちにヒントをくれているんだと思う。それにお葬式の日のおばさんは様子がおかしかったし。つい口が滑ったって感じがしたもん」

「胡桃……」

「私も、悲しくてどうしようもない、から。お姉ちゃんに、ひどい言葉ばかり……」

差し出したハンカチを引っこめて、胡桃は自分の涙を拭いはじめた。

そうだよね。後悔は限りなく広がって、まるで大きな波のように私たちを呑みこんでいるから。

亜加梨が挑むような目で私を見てくる。

「翔琉が昔、紗菜を助けたと仮定してもさ、なんであいつがケガしてるわけ？　時間を巻き戻せるなら自分がケガしないようにやり直せばいいじゃん」

「それは……わからない。時間を巻き戻せるのが一回限りだとしたら……」

胡桃がハッと顔をあげた。

「だとしたら説明がつくよね。割れたガラスを直せないのと同じなんだよ」

「意味不明。ふたりはあくまで信じるってことか」

わざとらしく大きな息を吐いたあと、亜加梨は肩をすくめた。

「わかったよ。ただし、おばさんが帰ってきたら終わり。それでいいなら手伝うよ」

「ありがとう」

「お礼はいいからさっさとはじめよう」

そっけない亜加梨から部屋のなかへ視線を戻した。ベッドの横に昔から大きな本棚が置かれている。翔琉は小説嫌いなので、並んでいるのはコミック本ばかり。いちばん下の段にだけ、亡くなったおばあさんに買ってもらったという図鑑が並んでいる。

「翔琉って昔から宝物を本のうしろに隠すクセがあったんだよ」

「宝物って？」

亜加梨の問いに、彼の宝物が自然に頭に浮かんだ。

「カエルのおもちゃとか、拾った葉っぱとか……」

本棚はコミック本がゆうに三冊は収納できそうなほどの奥行きがある。翔琉は手前に一冊だけを並べ、その奥のスペースを宝物入れにしていた。

「手伝う」と、胡桃が上の段のコミック本を出してくれた。すべての本を出し終えると、翔琉の宝物が姿を現した。

「なんだこれ。ゲームのカード？」

亜加梨がほこりを払いながら取り出したのは、翔琉が好きだったプロ野球選手のカードだ。胡桃が手にしているのは、中学生のときに愛用していた布製のペンケース。

「期待できそうにないなあ。だってこれ、ずいぶん放置していた感じだし」

そう亜加梨が言うのも無理はない。宝物と言いながら、どう見てもこの数年は触っていないだろう。

次の段のコミック本もすべて出した。奥からはなにに使うのかわからない部品や絵ハガキが次々に発掘された。その次の段にはバッジやシールが置き去りにされていた。

「ないね……」

あきらめの声を出す胡桃にうなずきながら、いちばん下の段に収納されている図鑑に手をかけた。表紙も黄ばんでいて、本の上にはほこりがたまっている。

かなりの重さがある図鑑は大きく、奥のスペースも期待できない。それでもどこかにヒントがあると信じる自分を止められなかった。

半分ほど出したところで、奥になにかノートのようなものが見えた。取り出すと、ほこりが煙のように宙に舞った。それはA4サイズのノート。黄色い表紙は色あせていて、破れた箇所をテープを貼り修正したあとがいくつもあった。

ふたりに見えるようにテーブルに置き、改めて表紙を確認する。

「なにも書いてないね」

胡桃がそう言い、

「そんなすぐに見つけられたら苦労しない」

亜加梨は鼻で笑った。

ゆっくりノートを開くと、最初のページは白紙だった。次のページをめくった瞬間、思わず指を引いてしまった。

赤いクレヨンで【じかんりょこう】という文字が見開きページをいっぱいに使って書かれていた。

「翔琉の字だ……」

幼い文字を覚えている。小学生のころ、この部屋で翔琉と文字の練習をした。翔琉はひらがなの〝ぬ〟がうまく書けなくてふくれていたっけ……。

あどけない翔琉の文字が涙でにじんでしまう。

しっかりしなくちゃ……。唇をかんでページをめくる。

次のページには漫画雑誌の切り抜きがあった。宇宙船を舞台にした漫画や、タイムリープらしきSF漫画だ。それが何ページにも渡り器用に貼られている。

ページをめくっていくと小説やイラストの切り抜きに変わっていき、後半はパソコンで印刷したらしいウェブページが貼られてあった。どれもタイムスリップについてのものばかり。SF映画のチラシまで挟んである。

翔琉の成長がノートに表れているようで、笑みがこぼれそうになるのと同時にあきらめの気持ちも大きくなっていく。

時間旅行というのは、翔琉の想像の世界でのことかもしれない。幼いころから信じてやまなかった翔琉の空想ノート。

最後のページをめくると、裏表紙の内側に翔琉の文字が並んでいた。

「あ……」

そこには【時間旅行の方法と注意事項】と書いてある。

「え、マジ……？」

これには亜加梨も驚いた様子で、膝を折りまじまじとノートを眺めだした。はやる気持ちを抑えてノートの文字を追った。

「時間旅行の方法と注意事項」
①時間旅行をするには特定の人のことを強く願う
②同時に複数人で実行した場合は、それぞれの時間軸へ行く
③月の終わりの日に、それぞれの時間軸が統合される
④時間旅行をするには家系の力を借りる
⑤運命を変えられるのは一度だけ

しばらく無言の時間が続いた。

何度読み直しても、時間旅行について書かれているのは間違いない。

「いや、ないっしょ」

沈黙を破ったのは亜加梨だった。

「これって翔琉の妄想を記録してるだけっしょ。小説でも書こうとしてたんじゃね？」

突き放した言い方の亜加梨に、私は首を横にふる。

「違うと思う」

「は？　マジで信じてるわけ？」

「信じてる。これはきっと、翔琉が遺してくれたヒントなんだよ。この通りにすれば、本当に時間旅行ができるはず」

真っ向から意見する私に、亜加梨は不服そうに顔をしかめた。

「どう見ても、空想を書き留めてるだけじゃん。その時間なんとかやらができる証拠がどこにあるっていうわけ？」

「それは……」

言葉に詰まる私に、亜加梨はツンとあごをあげた。

「やっぱりね。もういいよ、こんな空想につき合ってられない」

「待って！」

立ち去ろうとする亜加梨を引きとめる。

「……翔琉のことは昔から知っているけど、ＳＦが好きだなんて一度も聞いたことがないの」

翔琉が好きだったのはスポーツ漫画で、小説を読んでいるのも見たことがない。朝読書の時間も半分寝ているし、ましてや論文なんて読む気もないだろう。

「けど現にこうやって集めてるわけじゃん。紗菜の知らないうちに嗜好が変わったんだよ。胡桃もそう思うよな？」

　亜加梨の問いにも胡桃は黙ってノートを凝視しているだけ。メガネを意味もなくかけ直した胡桃が、申し訳なさそうな目に変わった。

「わからないけど、お姉ちゃんが理系の大学生なの。で、よく言ってた。『タイムマシーンができるとしても、あと百年はかかるよ』って……」

「だけど、だけど……」

　やっぱりどの記憶を探しても、翔琉からこういう話をされたことはない。だからこそ、先日言われた〝時間旅行〟の言葉に驚いたのだから。

「あのさ」と亜加梨が鼻で息を吐いた。

「こういうのやめようよ。言ってなかったけど、うちの父親、物理学の研究をしてんだよ。こんな簡単な文章でできるほど甘くないって」

　ふたりの反論はもっともだろう。方法が詳しく記されていると期待したのに、ここに書いてあることだけで時間旅行ができるとは思えない。

　しばらくノートの文字を読んでいると涙があふれてきた。

　翔琉に会いたい。翔琉を事故から救いたい。

「翔琉が……事故に遭ったのは私のせいなの。あのとき、私が引き留めていればこんなことにならなかった。直前まで一緒にいたのに、先に帰らせてしまったから」

どうすればいいのだろう。ひとりでもやる覚悟はできているけれど、こんな簡単なことしか書いていないのでは、できるものもできないのは目に見えている。

「だけど私は信じたいの。翔琉を救いたい。救いたいの……」

そのときだった。

「なにをしてるの？」

咎（とが）める声に思わず、「きゃあ」と悲鳴をあげてしまった。

ふり返ると、ドアの前におばさんが私と同じく驚いた表情で立っていた。

「あの……」

言い訳を口にする前におばさんは私の手元に目を留めたかと思うと、勢いよく部屋に入ってきた。

「こ、これは違うのよ」

私の持つノートをサッと奪ってから背中に隠す。

「なんでもないの。ほら、時間旅行なんてできるわけがないじゃない」

「おばさん、あの……」

自分でもおかしいと思ったのだろう、おばさんは無理して笑みを浮かべた。

「翔琉に会いに来てくれたかと思ったのに、こんなことしちゃダメじゃない。いくら幼なじみだからって、翔琉のプライベートまで踏みこむのはいけないと思うの」

「すみません……」

まさかもう帰ってくると思わなかった。亜加梨も胡桃も気まずそうにうつむいている。

笑顔のままおばさんはドアのほうへと目を向けた。

「今日はもう帰ってもらってもいい？」

おばさんの言葉は質問ではなく、命令のように耳に届いた。

「なるほどねぇ」

今日は早番勤務だったらしく、家に帰るとお母さんは夕飯の準備をしていた。

「柱谷さんに注意されちゃったわけね」

「でも、私たちが悪いんだと思う。家捜しみたいなことされたら、いい気持ちはしないもんね……」

ただでさえ息子を亡くして気落ちしているところに、失礼なことをして気を悪くさせてしまった……。

茹でたジャガイモをボウルに入れ、お母さんはスプーンの裏を使い崩している。ポテトサラダを作るらしく、脇には薄く切ったハムと缶詰のコーンが待機している。

色鮮やかな具材を見ても気持ちはブルーなままだ。

「お母さんはおばさんに会うことってあるの？」

「あるわよ。葬儀のあとしばらくしてから訪問させてもらったし、今度はショッピングに連れ出すつもりなの」

私が余計なことをしたせいでふたりの関係が壊れてしまったらどうしよう、と暗くなるけれど、時間旅行を信じたい気持ちは残っている。

ああ、せめてノートの最後のページだけでもスマホで写真を撮ってくるべきだった。

ポテトサラダに溶かしたバターを入れてから、お母さんはマヨネーズを追加して木べらで混ぜる。具が大きくておいしそうだけど、今日は食欲がわかない。

夕飯はパスして部屋に戻ろうかな……。顔をあげると、お母さんが動きを止め、換気扇をにらんでいた。

「今の話が本当なら、ちょっと疑問が残るわね。なにかがおかしい気がする」

「おかしい、ってどういうところが？」

「あのね」とお母さんが木べらを縦に持った。

「まず大前提として、お母さんは時間旅行についてはノーコメントね。こう見えて現実主義なのよ。タイムスリップとか幽霊とかはいっさい信じてないの」

「あ、うん」

「それを踏まえた上で、紗菜が言ったことをまとめると矛盾点があるの」

ミステリー小説の探偵よろしく、お母さんは木べらを私に向けてくる。

「あなたたちからノートを奪ったあと、柱谷さんはすぐに『時間旅行なんてできるわけがないじゃない』って言ったのよね。ノートの表にはなにも書いてなかったのでしょう？　それなのに、どうしてその言葉を知っていたのかしら？」

「あ……」

たしかにそうだ。おばさんはノートの中身を見る前にそう言っていた。おばさんが来る直前に時間旅行のワードも出ていなかったと思う。

「おばさんはもともとあのノートが時間旅行について書いてあるって知ってたってこと？」

「同じ母親として言わせてもらうと、その可能性が高いわね。親は子どもの思い出は忘れないものよ。きっと翔琉は柱谷さんの前でノートを書いていたんじゃないかしら。慌てて奪い取ったということは、ひょっとしたら柱谷さんも時間旅行についてなにか知っているのかも」

その考えでいくと、あのときのおばさんの様子に説明がつく。おばさんはもともと時間旅行のことを知っていた可能性が高い。

「これ、混ぜてもらえる？　できたらお皿に盛りつけてちょうだい」

ポテトサラダの入ったボウルを渡され、木べらで混ぜながら思考の海に身を投げる。

「翔琉を救えるチャンスなんだとしたら、どうして追い返したりしたの？」

「信じてないからじゃない。もしくはその真逆で、信じていたからこそ拒否したとか」

「それっておかしくない？　信じていないなら怒るのはわかるけれど、信じていたとしたらおばさんが自分で時間旅行をしようとするんじゃないかな」

木べらを動かしていると、あの日翔琉がくれたペンダントが胸元で一緒に揺れた。

これがおばあさんの形見じゃなく、翔琉のだったらよかったのに。

どうして翔琉はこんなに大切な物を私にくれたんだろう。

そこまで考えて気づいた。

あの事故に遭った日は、おばあさんの命日だった。同じ日に翔琉は亡くなってしまったんだ……。

「信じていたとしたら、逆に信じないあなたたちの姿を見て怒りが生まれるんじゃないかしら。柱谷さんにとって時間旅行はすがりたいことだった。それを否定された気になったのかも」

「これからどうすればいいんだろう」

食器棚から小皿を取り出して並べる私に、お母さんは「あら」と目を丸くした。

「そんなの簡単じゃない。もう一度会いに行くのよ」

「え……無理だよ」

人から怒られると、その人ぜんぶを避けるようになってしまう。今さら会いに行ったって追い返されるのは目に見えている。特に大人の人と話をするのは苦手だし……。

「勝手に部屋に入ったことは事実でしょう。謝罪はちゃんとしたほうがいいわよ。その上で、紗菜が時間旅行を信じているなら、そのことをきっちり伝えるのがおすすめよ。今度買い物に行くんだから、ぎこちなくなるのは困るんだけど」

そんなことを言うお母さんに、しばらく考えてからうなずいた。

ちゃんと謝らずに逃げたのは事実だ。それに、翔琉が嘘をつくような人じゃないことは私がいちばん理解している。

謝りに行こう。そして、信じていることだけでも伝えよう。

土曜日の午前中。おばさんに電話をすると、意外にも機嫌は悪くなかった。

もう一度伺いたい、と言うと大げさなくらいよろこんでくれたから驚いてしまう。

約束の時間に翔琉の家に着くと、家の前に胡桃と亜加梨が立っていた。ラインでおばさんに謝罪に行くと伝えたところ、ふたりも同行してくれることになったのだ。

「勝手に部屋に入ったのは事実だしね。これでも責任感じてるんだよ」

ぶすっとした顔のまま亜加梨は言った。休みの日だからかメイクもしっかりしていて、髪もおろしたままだ。

「わ、私も……」

胡桃が迷うように私と亜加梨を交互に見た。

「おばさんにちゃんと謝りたい。それに……あのあと考えたの。お姉ちゃんはタイムマシーンなんてないって言ってたけど、万が一あるなら──」

「待ってよ。あたしはまだ信じてないし」

茶々を入れる亜加梨に、胡桃は決心するように一歩前に出た。

「それでも今だけは信じてみようよ。もしそれで時間旅行ができるなら、お姉ちゃんを救えるかもしれない」

そのとき、玄関のドアが開きおばさんが顔を出した。

「いらっしゃい。もうみえてたのね」

「あの……先日は失礼なことをしてしまい、申し訳──」

「そんなのいいから。ほら、早く」

にこやかなおばさんはもう怒っていないように思えた。逆に悲しげな瞳をしているように見えるのは、私の勘違いだろうか。

玄関で靴を脱ぐと、おばさんは「翔琉の部屋で話をしましょう」と二階へ私たちを導いた。

ローテーブルの奥側におばさんが座り、私たちは手前に腰をおろす。テーブルに置かれているのは、翔琉の黄色いノートだった。

「お茶も出さずにごめんなさい。今日は来てくれてありがとう」

「いえ」

代表して私が答えた。おばさんはノートを手にすると、最後のページを私たちに見えるように差し出した。

「ちゃんと話をしなくちゃいけないと思ったの」

改めて、自分たちがしてしまったことのお叱りを受けるのだろう。覚悟していると、おばさんはノートの最初のページを開き、クレヨンで書かれた【じかんりょこう】の文字を指さした。

「このノートは、あの本棚の奥にずっと眠っていたものなの。たぶん、翔琉自身も忘れていたと思うのよ。あ、私がこのノートのことを知っていたことは内緒にしてね」

上目づかいで見てくるおばさんにうなずきを返すけれど、誰に内緒にするんだろう？　胡桃も亜加梨も同じように眉をひそめているのが見えた。

けれど、おばさんが続けて言った言葉が、私の視線を強引におばさんに戻した。

「時間旅行は本当にできるみたいなの」

「やっぱり……」

思わず漏れた言葉もそのままに、胡桃と目を合わせてうなずいた。亜加梨はまさかおばさんまで信じていると思わなかったのだろう、口をぽかんと開けている。

「私は信じてなかった。ううん、今でも信じてないのかもしれない。でも……あの子がね、子どものころにその話ばかりしていたのよ」

「翔琉が、ですか？」

緩慢な動きでうなずいたおばさんがノートをめくった。

「時間旅行の話は、あの子のおばあちゃんから聞いたみたい。翔琉はおばあちゃんっ子でね……同居していたせいもあって、私よりもおばあちゃんに懐いていたの」

さみしげに口にするおばさんに、なにも言えなかった。思い出せば、翔琉はいつもおばあさんの話をしていた記憶がある。

「ふたりで時間旅行に関する資料を集めていた。私には内緒らしくて、聞いても教えてくれなかった。すごくさみしかったのを覚えているの」

そこまで言ってから、おばさんは私に視点を合わせた。

「おばあちゃんが亡くなったあとは、時間旅行の話はしなくなった。忘れてしまったとばかり思っていたけれど、何年か前に部屋の整理をしていたときにこのノートを見つけたの。てっきりゲームかなにかだと思っていたから、本気で信じていたことを知って驚いた。そして、思い出したのよ」

そう言ったあと、おばさんは私を見つめた。イヤな予感が胸を浸しはじめているのを感じる。

「小学五年生の春休み前くらいの時期にね、あの子、大ケガをして病院に運ばれたの。裏山で鬼ごっこをしていて崖から落ちた、って。慌てて病院に行ったら肩に傷を負っていた。その日の夜におばあさんが亡くなったから……大変な一日だったの」

そこで言葉を区切ったあと、おばさんは小さく息を吐いた。

「先生の話では傷は残るけれど、命に別状はないって。病室であの子は泣いて私に訴えるのよ。『時間旅行をしたせいだ』って。そのときにね、どうやって時間旅行をしたか教えてくれたの」

「ああ……」思わず声が漏れてしまった。

やっぱりあの日、私はケガをした。翔琉が時間旅行をして、私を助けてくれていたんだ……。

「じゃあさ」と急に亜加梨が身を乗り出した。

「少なくとも翔琉は時間旅行をしたんですね」

「お義母さん……あの子のおばあちゃんが亡くなる前に『時間旅行は家系の力』って教えてくれたの」

「家系……」

つぶやく私におばさんはゆっくりうなずいた。

「でも、あの事故以来、翔琉は『知らない』って言うばかりで……。だから、あなたたちがノートを手にしていたときは驚いたわ。あの子みたいにケガを負ったらどうしよう、って不安になって……。取り乱しちゃってごめんなさいね」

そうだったんだ、とすとんと理解できた。おばさんは時間旅行については詳しくないし、翔琉もおばあさんも言わないようにしてきた。

頭を下げるおばさんは、ずっと孤独を感じていたのだろう。

「私こそごめんなさい。あの、信じられないかもしれないけど、たぶん事故に遭ったのは――」

私なんです、と言おうとする前に、胡桃が私の服の袖を引っ張って言葉を止めた。

胡桃はそのまま「あの」とおばさんを見た。

「質問をしてもいいですか？」

いつもの不安げな様子もなく、まるで自分の答えをたしかめるような口調だった。

「おばさんはどうして今日、時間旅行について話をする気になられたのですか？」

深いため息を逃がしたあと、おばさんはノートの最後のページを開いた。

「突然の別れが悲しいのは私だけじゃない。紗菜ちゃんだけじゃなく、おふたりも大切な人を亡くしたのよね。時間旅行ができるのなら、もう一度会わせてあげたい。そう思ったら、知っていることを話したほうがいい気がして……」

そんなふうに思ってくれていたんだ……。しおれたようにうつむくおばさんの手を無意識に握っていた。

「私たち、時間旅行のこと、信じています。ケガをしないようにも気をつけます」

「紗菜ちゃん……」

「さっき、病院で翔琉がどうやって時間旅行をしたか聞いたって言ってましたよね。どんな内容だったか思い出せますか?」

そう尋ねる私におばさんはしばらく迷ったように口をつぐんでいたが、やがて決心したように「ええ」と声に力を入れた。

「ここに書いてあることを説明してくれたのよ。そして、その条件に合う人は紗菜ちゃん、あなたなのよ」

おばさんははっきりとそう言った。

裏山にある県道は、工事が終わったらしく土砂崩れ防止のコンクリートの壁が設置されていた。

あれから、私たちは翔琉の家をあとにし、それぞれの家で制服に着替えて再集合した。駅前のファーストフード店で作戦会議をし、これからやることを確認してから事故現場へ来た。もう夕暮れ近い時間だ。

供えられているいくつもの献花を見ると、まだ胸が痛い。でも、時間旅行を信じるって決めたのだから、と気持ちを奮い立たせた。

「じゃあさ、確認するよ」

亜加梨がスマホを開くのを合図に、私と胡桃もそれに倣う。あのノートの最後のページを今度こそ写真に撮ってきたのだ。

「時間旅行の方法と注意事項」
①時間旅行をするには特定の人のことを強く願う
②同時に複数人で実行した場合は、それぞれの時間軸へ行く
③月の終わりの日に、それぞれの時間軸が統合される
④時間旅行をするには家系の力を借りる
⑤運命を変えられるのは一度だけ

「ええと」と、亜加梨が続けた。

「おばさんの話によれば、①は、能力がない人が時間旅行をする場合は、きっかけになった場所でおこなわなくてはならない。つまり、ここでいいってことだよね」

「それでいいと思う」

胡桃がうなずくのを確認し、亜加梨は私を見た。

「特定の人はそれぞれわかってるからいいとして、何時に戻るんだろう」

「どうだろう。私は、一応朝の時間を願ってみるつもり」

あの日を最初からやり直したいと思った。そして、今度こそごまかさずに正直な気持ちで翔琉に会いたい。告白の返事だって、逃げずにすぐに答えたい。

「私は、お昼くらいかな。お姉ちゃんと廊下で会ったときに、ひどいことを言ったから」

「あたしは夕方。お父さんの電話を冷たく切ったことが原因だから」

不思議だった。もう誰も時間旅行のことを疑っていないのがわかる。

「次の②については胡桃、お願い」

亜加梨が進行役を譲ると、胡桃はメガネを直しながらスマホのメモを開いた。

「時間旅行を三人同時におこなったとしても、同じ世界には行けない。パラレルワールドの原理で、違う時間軸で行動するってことなのかも」

「何回聞いても意味がわかんねぇ」

あきらめ口調の亜加梨が助けを求めるように見てくるので、混乱した頭のまま「えっとね」と口を開く。

「時間旅行した先ではとにかく自分のことだけをやればいいってことじゃないかな。助けたい人を救えれば、月末……三月三十一日になれば現実世界でも反映される、みたいな感じなのかも」

「ふーん。ま、いいや。次にいこう」

伝わらなかったらしく、亜加梨はスマホに再度目を落とした。

「これがでかいんだよな。祖先の力についてはおばさんに教えてもらって助かったよな」

「まさかだったよね」と、胡桃が私の胸元に目をやった。

翔琉にもらったシルバーのペンダントを外し、手のひらに載せた。おばさんが言っていた条件が、このことだとは思いもしなかった。

「このロケットのなかに、まさかおばあさんの遺灰が入っているなんてね」

外国では〝遺骨ペンダント〟と呼ばれているそうだ。

おばあさんは亡くなる前に、翔琉にペンダントを譲るように言い残していたらしい。

『自分が死んだら、遺骨でも遺灰でもいいからなかに入れてほしい』と。

「でもさ」と亜加梨が首をひねった。

「翔琉が時間旅行をしたときには、おばあさんはまだ生きていたんだろ？　あいつはどうやって時間旅行をしたわけ？」

すると、胡桃がクスッと笑った。亜加梨のいぶかしげな視線に気づくと、慌てて咳ばらいをしてごまかしている。

「家系の力を借りるなら、直接おばあさんにお願いしたんだよ」

「あ、そっか」

ポンと手を打つ亜加梨に胡桃はホッとしたようにうなずいた。

私のケガを見た翔琉は、おばあさんに頼んで時間を戻してもらった。

「⑤については疑問が残るな。一度しか運命は変えられないなら、失敗はできないってことだよな？」

亜加梨の問いに「だね」と鼻をすすった。

翔琉がケガをしてしまったのも、一度しか運命を変えられなかったから。翔琉は身を挺して私を助けてくれたんだね……。

「あの日に戻ったら全力でそれぞれの死を阻止しないといけないんだよね」

「できるさ。だってバスに乗せなきゃいいだけだし」

亜加梨が自信ありげに胸を張った。こういう場面であっけらかんと言えるってすごいな、と素直に思えた。

「亜加梨に言われるとそんな気がしてきた。ね？」

「うん。すごく勇気をもらえた気がする」

胡桃がほっこりした顔で言った。

「うるせー。褒めてもなんにも出ないから」

頬を赤らめる亜加梨に、こんなときなのに笑ってしまった。

少しの沈黙のあと、私はペンダントを持つ手を前に差し出した。亜加梨がその上に手のひらを置き、胡桃はチェーンの部分を握った。

亜加梨が仕切るかと思ったのに、促すように私を見てくる。大きく深呼吸をして、私は言う。

「時間旅行に出かけよう。それぞれの大切な人を救い、世界が統合される日に笑顔でまた会おう」

「翔琉によろしく。って、あたしも会うことになるんだっけ。ああ、ややこしい」

亜加梨が笑った。

「おばさんが言ってたよね。時間旅行の移動中は目を閉じていること、って」

胡桃の言葉に、私たちはうなずき合い目を閉じた。

翔琉が亡くなってから、目を閉じるのが怖かった。ただでさえ暗い世界が、より真っ黒に堕ちてゆくようで。

だけど今は、暗闇のなかに春の陽射しを感じている。翔琉が私を呼んでいるようで、そのぬくもりに身も心も委ねたい。

――そして、願う。

時間旅行をさせてください。バスの事故が起きた朝に私を帰してください。

しばらくじっとしていたけれど、なにも起きない。

「みんな、いるよね？」

尋ねると「いる」「いるよ」とふたりの返事がした。

「なにも……変わらないね」

「ごめん。あたしが原因かも。こんなことしてる自分が急に恥ずかしくなっちゃってさ」

亜加梨の声に「ダメだよ」と胡桃が言った。

「本気で信じないと時間旅行ができないよ」

普段なら絶対、亜加梨に言わないことを真剣な口調で諭すように言う胡桃。

亜加梨も素直に「悪い」と謝った。

「次は真剣にやるから」

その声を合図にもう一度願った。どうか、どうかあの日に戻してください。

翔琉に会いたい。どうしても会わなくちゃいけないんです。

ふいに頬に風が当たった気がした。なでるように流れる春の風が、どんどん強くなっていく。ふたりに声をかけたいけれど、今は翔琉のことだけを考えよう。

翔琉、あなたに会いたいよ。いなくなってからどれほど翔琉が大切だったかを知ったの。いつもそばにいると思っていたから、かけがえのない時間を大切にしてこなかった。

——どうか、翔琉にもう一度会わせてください。

風は強さを増し、突風のように吹き荒れている。足元がぐらつきそうになるのを必死にこらえているうちに、遠くからなにかが聞こえてきた。

よく耳にしている音たちが近づいてくる。反比例するように、風の音が遠ざかっていく。

……もういいのかな？

静かに目を開けると、私は教室にいた。静かな雨の音だけが、教室を徐々に支配している。

「ということで、みんな気をつけて帰るように」

内藤先生が締めくくり、日直当番の号令とともに立ちあがる。お辞儀をする。座る。

机も椅子も、その感触は現実のものとしか思えない。

「時間旅行……できたんだ」

いや、待って。まだわからない。ひょっとしたら翔琉が亡くなったあとの日に戻っている可能性もあるし、そもそも時間旅行すらしておらず、すべてが白昼夢なのかもしれない。

「ああ……」

やけに胸が苦しくて思わず手を当てた。呼吸のたびに息が苦しくて、だるさを主張するように体に力が入らない。

時間旅行をしたんだから体に影響があるのは当然かもしれない。

深呼吸をくり返し、息を整えながら教室を見渡す。

その視線が途中で止まった。

廊下側の席で男子と楽しそうにしゃべっているのは——翔琉だった。

第三章　なにも怖くない

亡くなってしまった人が目の前に現れる場面は、ドラマや映画では見たことがある。名前を叫びながら駆け寄り強く抱きしめ合うのだ。

が、実際に起きた今、私は一ミリも動くことができなかった。声も出せずに口を金魚のようにパクパクさせるだけ。まばたきをする間に消えてしまいそうで、男子とじゃれている翔琉を凝視することしかできない。

話しかけたら絶対に泣いてしまうだろう。今でも涙で翔琉の姿がぼやけているし。胸が激しく鼓動を打つのは、やっと会えたというれしさと、好きな気持ちがあふれているから。こんなに私は翔琉のことが好きだったんだ……。

そうこうしているうちに、翔琉はバッグを手に教室を出ていってしまった。

感動の再会はできなかったけれど、時間旅行をしたことがバレたらきっと怒られるだろう。

……時間旅行をしたかったのは、翔琉を救うため。

心のなかで自分に言い聞かせる。

静かに行動しつつ、バスの事故を防ぐしかない。そのためにこの日に戻ってきたのだから。

黒板には三月八日という日付がチョークで書かれている。やっぱり事故に遭った日だ。朝の時間に戻りたい、という願いは叶わなかったらしい。今はホームルームが終わったところ。

「あのね」

荷物をまとめた胡桃がふり返った。

「あ、うん！」

早く時間旅行の話がしたくて前のめりになる私に、胡桃は戸惑った表情で答えた。

「あの……図書室に寄ってから帰るね。これよかったら使って」

差し出されたカサを「ありがとう」ともどかしく受け取ると、胡桃の手をつかんで立ちあがり、そのまま亜加梨の席へ連れていく。

「え、ちょっと……」

「いいからいいから。ね、亜加梨」

急に声をかけられて亜加梨がビクッと体を震わせた。

「時間旅行に成功したんだよ。あの日に戻ってこられたんだよ！」

が、ふたりの反応が鈍い。胡桃は今にも逃げ出しそうに見えるし、亜加梨なんて不機嫌な顔でうなりはじめた。

「あんたさ、急に話しかけてきてなにわけのわかんないこと言ってんの」

「え、なんで？　だから私たち時間旅行……」

「マジでだるいんだけど」

亜加梨はスマホを手に教室を出ていってしまった。胡桃もどうしていいのかわからない様子で、モジモジしている。

そこでようやく、翔琉の書いた文章を思い出した。

『同時に複数人で実行した場合は、それぞれの時間軸へ行く。月の終わりの日に、それぞれの時間軸が統合される』

そうだった……。興奮のあまり失念していたけれど、胡桃たちは違う時間軸にいる。この世界にいる胡桃と亜加梨は、あの日のふたりなんだ。

「ご、ごめん。寝ぼけちゃってた」

「うん……」

まだ戸惑っている胡桃に「そうだ」と顔を近づける。

「今って、凜さんが高校に来てるんだよね？　会わなくていいの？」

もうひとつの軸で胡桃は奔走していることだろう。こっちの軸でも手助けすれば、たとえ胡桃が失敗したとしても、凜さんが亡くならずに済む未来にできるかもしれない。

親切心から尋ねたのに、胡桃は青い顔であとずさりをしてしまった。

「どうして紗菜……お姉ちゃんが来ていることを知ってるの？」

「え？」

「私、内緒にしてたのに……。ねえ、誰に聞いたの？」

おびえた表情で私を見つめる胡桃は、今にも逃げ出していきそう。でもこのことは、時間旅行をする前から知っていたことだ。

「ほら、昼休みに桐島くんが胡桃に聞いてたじゃん」

説明をすると、胡桃は「ああ」とホッとしたように胸をなでおろした。

「そうだった。ごめんね、なんかお姉ちゃんの話題には敏感になっちゃって」

「苦手だ、って言ってたもんね」

胡桃を見送ると、教室には誰もいなくなっていた。

激しい雨音がめちゃくちゃな演奏みたいに教室で響いている。

きっと今ごろ、亜加梨は父親からの電話に冷たい反応をしているのだろう。

「落ち着いて」

自分にそっと言い聞かせた。私は今、未来から戻ってきた身なのだから、疑われるような行動は避けなくちゃいけない。

バスの時間まではまだある。窓辺の席でここからの行動について考えることにした。

「たしかあの日は……」

声にすることでこんがらがった頭がほどけていくよう。

そう、帰りに昇降口で翔琉に会うんだ。そして、一緒に帰る流れになり……告白されそうになる。翔琉の言葉をさえぎったあと、おばあさんの形見のペンダントをもらう。

「……あれ？」

そういえば持っていたペンダントはどこにいったのだろう。胸元から外し、みんなで握って時間旅行をしたはず。

スカートのポケットに手を入れると、指先に冷たい感触があった。取り出すと、ペンダントが鈍く光っていた。

よかった。これがないと、二度と時間旅行はできなくなる。

窓ガラスには雨が全力でぶつかっている。雨の向こうに、あの日の私たちがぼんやりと見えた気がした。

バス停で、翔琉はついに告白をした。そして『先に行く』と言い、ひとりでバスに乗りこんでしまったのだ。

『のんびりでもいいよ。ずっと待ってるから』

そう言ってくれたくせに、翔琉は待っていてくれなかった。あの会話を最後に、永遠に会えなくなってしまったのだから……。

絶望に落とされた日々を思い出せば、胸が張り裂けそうに痛い。気づけば雨は小降りになっていた。

「……がんばらないと」

せっかく時間旅行ができたのだから、全力で翔琉を救わないと。

決意を胸に時間を確認した。少し早いけれど、昇降口へ向かうことにした。

廊下を歩けば、雨音はもう聞こえない。自分にできるだろうか、という不安は今は考えないようにしよう。

――あの後悔の日々から逃げられるならなんだってやる。

扉の開閉する音に顔をあげると、翔琉がカサをたたみながら入ってきた。

胸がまた大きく跳ねた。

翔琉は私を見て、照れたように顔をそむけた。あのときは気づかなかったけれど、ひょっとしたら告白をするために戻ってきたのかもしれない。

「え、先に帰ったんじゃなかったの？　おばあさんの周忌があるって……」

たしかあの日、こんなことを言った気がする。

「ちょっとね。忘れ物をして戻ってきたんだ」

「へえ……」

続く言葉を思い出せない。このあとなんて言ったんだっけ。たしか……次のバスにまだ間に合う、とかだったと思う。でも、そのバスに乗ったことが悲劇のはじまりなんだ。

前回と同じ会話が、前よりも早い時間でくり返されているのが不思議だった。今なら事故に遭うひとつ前のバスにだって乗れそうだ。

「どうかした？　難しい顔して」

ひょいと覗きこんでくる翔琉に、慌てて首を横にふった。

翔琉がバスに乗らないようにしないといけないのに、気づけば視界がゆがみはじめていた。ああ、こんなときに泣きたくないのに、やっぱり話ができたうれしさがあふれてくる。

もう二度と会えないと思っていた翔琉がここにいる……。

「なんでもない……よ」

情けないくらいの鼻声で答えた。

「なんでもないわけないだろ。誰かになにか言われたのか？」

「違う。違うよ……」

外にいればよかった。それなら涙を雨のせいにできたのに。

そこまで考えて、あの日は外に出たら雨があがっていたことを思い出した。

「紗菜」

真剣な口調にハッと顔をあげた。

――『大事な話があってさ』かな。

「大事な話があってさ……」

前回はバス停の前で言われた言葉だ。私の行動が変わったせいで、翔琉は今、告白しようとしているんだ……。

同じ運命をくり返したくない。うなずきながら次の言葉を待つ。

次に翔琉が言う言葉が頭で流れた。

――『どうしても伝えたいことがある』

「どうしても伝えたいことがある」

あのときは一度さえぎってしまったけれど、今回はちゃんと最後まで聞かなくちゃ。

その上で、バスが去るまでの時間をふたりで過ごせばいい。

――『俺さ、紗菜のことが本気で』

「紗菜をいじめるヤツがいたら俺は許さない」

「え？」

きょとんとする私に、翔琉は「ふん」と鼻を鳴らして天井のあたりをにらみつけた。

「そいつ、教室にいるんだろ？　ちょうど忘れ物したから教室に戻るとこだったんだ。

俺が、そいつに文句を言ってやる」

「違う。そうじゃなくて――」

「先に帰ってて」

言うや否や、靴を脱ぎ捨てると翔琉はすごい勢いで階段を駆けあがっていった。

ようやく我に返ったときには、翔琉の姿は見えなくなっていた。

「待って。翔琉、待って！」

急いで上靴に履き替え、階段をのぼった。

どうしよう。私が泣いたせいで運命が変わってしまったんだ。

二階の廊下に出るが、どこにも翔琉の姿が見えない。教室のうしろの扉からなかに入ろうとした瞬間、ドンッという音とともにすごい衝撃を受け、気づけば廊下に倒れていた。右の肘あたりがすごく痛い。

見ると、教室の床に倒れこんでいる人がいる。おそらくちょうど出てきた人とぶつかってしまったのだろう。慌てて体を起こすと、相手は亜加梨だとわかった。長い髪が模様のように床に広がっている。

「だ、大丈夫!?」

駆け寄り体を起こそうとする手を、亜加梨は力任せに跳ねのけてから上半身を起こした。

「最悪……」

「ごめんなさい。どこもケガはない？」

私をにらみつけると、亜加梨はため息とともに立ちあがりスカートをはたいた。

「マジで最悪なんだけど。今日機嫌悪いんだからイライラさせないでよ！」

「……ごめんなさい」

プイと出ていく亜加梨を見送ってから教室のなかを見渡しても、やっぱり翔琉の姿はなかった。どこへ行ったのだろう……。

そろそろ事故に遭うバスが来るころだ。

スマホを取り出し翔琉に電話をかけるが、何度コールしても出てくれない。イヤな予感が胸を覆いはじめている。

コールを続けながら廊下を走った。昇降口のところで亜加梨が靴を履き替えているのが見えたけれど、軽く頭を下げ外に飛び出た。

雨あがりの空には重い雲が流れている。向こうに見えるバス停には誰の姿もなかった。

「まさか……」

そんなはずはない。だって、翔琉はさっきまで校舎にいたはずだし……。

震える手でメッセージアプリを開こうとするけれど、うまく文字が打てない。

【今、どこにいるの？】

送信ボタンを押すと、すぐに既読マークがついたので安心した。すぐに返事が来る。

【先に帰ったんじゃないの？】

のんきなメッセージなのに、逆に背筋が凍る気がした。まさか、まさか……。

【今、どこにいるの？　教えて】

もどかしく同じメッセージを送ると、しばらくしてから返事が届いた。

【バスに乗ったとこ】

「嘘……」

スッと体から血の気が引き、その場に両膝をついていた。水たまりと泥で濡れてもなにも感じない。

亜加梨が声をかけてくれるけれど、なんの反応もできない。フラフラと立ちあがり、裏山のほうへ歩きだす。走りだす。駆ける。けれど私にはもうわかっている。

「え、大丈夫？」

——翔琉をまた救えなかったんだ。

どうして翔琉のそばを離れてしまったのだろう。会話次第では救えたはずなのに……。

山道の途中でうずくまり、声をあげて泣いた。泣いても泣いても、自分のしたことが許せない。

バス停のあたりでなにか騒ぐ声が聞こえてきた。おそらく事故の一報が入ったのだろう。

「ああ……」

つぶやいた瞬間に思い出した。フラフラと立ちあがり、スカートのポケットに手を入れて翔琉からもらったペンダントを取り出す。闇のなかでもペンダントはその銀色を主張するように光っている。

両手に握りしめ、ギュッと目を閉じた。

お願いします。もう一度だけやり直させてください。今度は絶対に失敗しないから。だから、もう一度翔琉に合わせてください。

風が急に騒ぎだすのを感じながら、私はただ翔琉のことだけを想った。

静かに目を開けると、私は教室にいた。雨の音が静かに聞こえていて、教室は薄暗い。

「ということで、みんな気をつけて帰るように」

内藤先生が締めくくり、日直当番の号令とともに立ちあがる。お辞儀をする。座る。

もう一度、時間旅行ができた……そうだよね？

ひどく息切れがしている。風邪を引いたときのように頭が痛くて、体に力が入らない。時間旅行をすることで、体に負担がかかっているのは間違いない。

だけど……翔琉を救うためならなんだってやる。

翔琉を見ると、さっきと同じように男子とゲラゲラ笑っている。楽しそうにはしゃぐ姿に、胸が痛い。

運命を変えるのは一度だけ、というルールがあるけれど、今のところなにも変えることはできていない。だからこそもう一度この時間に戻ってこられたんだよね……？

ペンダントを首にかけてから、ペンダントトップを右手で握った。

今度こそ失敗しないから。決意を胸に、荷物をまとめはじめた翔琉の席へ直行する。

「あ、紗菜」

私の名前を呼ぶ翔琉に、鼻の奥がツンと痛くなった。

だけど……私は最後までやりきるって決めたから。絶対に失敗しない。

「翔琉。お願いがあるの。ここにいて」

「え、なんで？　俺、ばあちゃんの周忌があって――」

「知ってる。だから、今すぐ一緒に帰るか、もう少しあとのバスに乗ろう。ひとりでは帰らないで」

あまりに真剣な口調に気圧されたように翔琉はうなずいた。

「じゃあ、あとのバスってやつで。俺、ちょっと職員室寄りたいから」

「一緒に行くから待ってて」

もうひとりにさせない。

急いで自分の席へ戻ると、胡桃が私にカサを差し出した。

「カサ忘れたって言ってたでしょう？　置きガサ、よかったら使って」

「ありがとう。借りるね」

本当なら胡桃にお姉さんのことを伝えたい。亜加梨にだってお父さんを救ってほしい。でもふたりがそれぞれの時間軸でがんばっていることを信じて、私は私のやるべきことをしよう。

教室を出ていく胡桃を見送ってから、荷物を手に翔琉のもとへ戻った。スマホを眺めている亜加梨を横目に私たちは教室を出た。

職員室へ寄っても、ひとつ前のバスに乗れそうな時間だ。

「なあ」

でも万が一ということもあるから、バス停に近づくのは事故に遭うバスが出発してからのほうがいい。

「なあ、って」

バスの運転手に『土砂崩れが起きます』と言っても信用してもらえないだろうし……。

「紗菜っ」

急に腕をつかまれ、思わずふり払ってしまった。見ると、翔琉が眉をひそめている。

「あ……ごめん。考えごとしてた」

「なんのことを？」

「……さくらまつりのこと」

とっさに出たさくらまつりは、翔琉への後悔のひとつ。人ごみなんて大したことがないはずなのに。人に酔ったって構わないのに、断ったことをずっと悔やんでいる。

「翔琉と一緒に行きたいな、って思って」

よろこんでくれると思ったのに、翔琉はますます難しい顔になってしまう。窓の向こうでは雨がどんどん激しくなっている。

「いや……あれから考えたんだけどさ、まあ行かなくてもいいかな、って」

「え？」

「ほら、俺は冬のほうが好きだろ？　それに紗菜の言う通り、人ごみって疲れるっていうか……」

言いたいのに言えないような雰囲気に戸惑っている間に、翔琉はポケットに手を入れて歩きだした。

「なにか隠してるよね？　長年のつき合いだからわかるんだけど」

追いかける私に、翔琉はギョッとした顔をした。

「え、別に。思ったことを言っただけだけど」

「小四のとき、みんなでプール行く約束したときに同じようなこと言ってた。あのときは『俺は夏が好きだろ?』って言ってたよ」

「げ。でも、人ごみが疲れるのは本当だし」

ぶすっと唇をとがらす翔琉の前に立ち、手を合わせた。

「せっかくだから行こうよ。ね、ふたりで……」

「うーん……」

腕を組んだ翔琉が、なにかあきらめたようにため息をこぼした。

「紗菜」

私の名前を呼ぶ翔琉。周りの温度が急に冷たくなった気がする。

……あ、この空気感には覚えがある。最初に告白をしようとしたときの流れだ。

──『大事な話があってさ』

「大事な話があってさ……」

やはりそうだ。前回よりもずいぶんタイミングが早い。今度こそ、最後までちゃんと告白を聞いてうなずこう。

──『どうしても伝えたいことがある』

「聞きたいことがあるんだけど、正直に話をしてくれる?」

「……え?」

今回も途中で会話が変わってしまっている。戸惑いながらうなずくと、翔琉は私の手を引いて、廊下のはしっこに連れていった。

壁を背にして立たされると、下校する生徒たちが見えた。時間はまだ十分にある。これから翔琉が職員室に行き、戻ってきたら一度教室へ――。

シミュレーションを途中でやめたのは、目の前に立つ翔琉の瞳が悲しげに見えたから。

「なに？　なんか……怖いよ」

そう言うと、翔琉は肩の力を抜きフッと息を吐いた。

「紗菜さ、時間旅行って知ってる？」

それはまるで雷が落ちたような衝撃だった。翔琉の口から出た言葉に、驚きのあまり背中を壁にドンとつけてしまう。

「時間旅行……？　それって……ああ、この前も言ってた、よね？」

あからさまに動揺している私は、ミステリー小説で犯人だと指摘された人みたい。声が上ずっているし、目線もあちこちに飛んでしまっている。

「そう。その時間旅行」

「言葉だけは知ってるよ。どうやったら時間旅行できるとかは知らない。だって……ほら、なにも教えてくれなかったし」

なんとか容疑者から外してもらおうとすればするほど、自分でもあきれるくらいに怪しくなってしまう。でも、どうして急にそんなことを言い出したのだろう。

「その時間旅行がどうかしたの？　それよりも早く職員室に行ったほうがいいよ」

雨もひどくなったし、と窓を指さすためにあげた右手を翔琉がつかんだ。ふりほどこうとしても強い力で握られている。

翔琉はこれまででいちばん近い距離で口を開いた。

「正直に答えて。君は――時間旅行をしてきた紗菜だよね？」

「……！」

びっくりしすぎて思考が停止してしまった。なにも答えられない私に「やっぱり」と、納得したように翔琉はつぶやいた。

どうして……わかったんだろう。

翔琉が小さく笑みを浮かべた。

「お互い嘘が下手だからすぐにバレてしまうんだよ」

返事の代わりに右の目から涙が勝手にひと筋流れた。翔琉が手を離すと私の手は重力に負け、だらんと落ちた。

「なにかが起きたから時間旅行について調べたんだろう？　どうやって時間旅行のやり方を知ったわけ？　ちゃんと説明して」

詰問する口調ではなく、やさしく諭すように翔琉は首をかしげた。

「あの……。あの、ね……」

「ゆっくりでいい。なにがあったのか話してほしい」

もう、隠す必要はなにもない。緊張の糸がぷつんと切れる音を聞いた気がした。

「翔琉の乗ったバスが事故に遭ったの……」

それから私は、事故が起きた経緯から順に話をしていった。翔琉は黙って聞きながら、時折うなずいてくれた。一度だけクスッと笑ったのは、翔琉のノートが本棚にあったと話したとき。「ノートのことなんてすっかり忘れてた」と。

ぜんぶ話し終えるころには、あたりは暗くなっていて雨もやんでいた。

「つまり、時間旅行をして俺を助けに来てくれたんだ？」

「……うん」

「罪悪感を持たせて悪かったな」

やわらかい口調の翔琉に、ブンブンと首を横にふった。翔琉が好きだから、ということは伝えていない。意識して、というよりは説明するのに必死だったから。

歩きだす翔琉に並ぶ。ちょうどバスが出発したころだろう。

「これで翔琉の事故はなかったことにできるんだよね？」

「そうなるね。紗菜が俺の命を救ってくれたんだ。やっぱり紗菜はすごいよ」

「ううん、私の力じゃないよ」

「でも助けに来てくれたのは紗菜だから。ありがとう」

横顔でほほ笑む翔琉にやっと胸をなでおろすことができた。運命を変えることができたんだ……。

安心すると同時に新たな疑問が生まれた。

「でも、なんで私が時間旅行しているって気づいたの？」

なるべく自然にふるまっていたはずなのに、一瞬で見抜かれてしまったのはなぜ？

昇降口で靴を履き替えたあと、翔琉は私の胸元を指さした。

「そのペンダント」

「あ……」

ペンダントのことを忘れていた。しかも思いっきり見えている。

翔琉は自分のシャツの間から同じペンダントを見せた。

「この世にこのペンダントはひとつしかない。それを持っているってことは未来の俺から借りてきたんだろうな、って」

「あ……ごめん」

「謝ることなんてないよ。月末になったら時間が統合される。そしたらそれも消えてしまうだろうし」

不思議な会話でも、翔琉が言えば正しいことのように思えた。

「とりあえず」と翔琉が昇降口の扉を開けた。

「時間が統合される三月三十一日まで、紗菜はどうするの？」

「どうするって……？」

「同じ時間のやり直しをするのか、また時間旅行をしてもとの時間に戻るのか」

雨を確認するように手のひらを空に向ける翔琉。

翔琉が亡くなってから、どうやって毎日を過ごしたのかわからない。だったら……。

「このままでいいよ。もう一度、今日からやり直したい」

翔琉が生きている世界から離れたくない。力強くうなずくと、翔琉はやさしく目じりを下げた。

翔琉に恋をして初めて、自分から気持ちを伝えたいと思った。脳で考えるのではなく、体ぜんぶが想いを伝えたいと叫んでいるみたい。衝動に身を任せるのにためらいはなかった。

「あのね、翔琉――」

「さくらまつりなら行かないよ」

「え？」

クスッと笑って翔琉は外に出ていく。

「待って。どうして行かないの？」

追いつくと、翔琉は肩をすくめた。

「興味がなくなったから。別に行かなくてもいいかな、って」

「……そうなんだ」

あれほど行きたがっていたのにどうしたのだろう……。違和感を胸に歩いていると、昇降口の扉が開く音が聞こえた。

見ると内藤先生が青い顔で飛び出してきた。

「先生、どうかしたの？」

翔琉の問いに、内藤先生はハッとして私たちを見た。

「今……バス、バスに誰が乗っていたかわかるか？　うちの生徒が何人乗っていたか――」

そこまで言ってから、内藤先生はすごい勢いで駆けていった。

「事故……本当に起きたんだな」

翔琉が青ざめているのが薄暗い照明のなかでもわかった。

「……うん。でもこれで大丈夫なんだよね」

やっと本当に翔琉を助けることができたと実感できた。ホッとしながら、胡桃と亜加梨のことを思い出した。

「胡桃のお姉さんの凛さんと、亜加梨のお父さんは別の時間軸で助かっているよね？」

ふたりも今ごろ安堵のため息をついていますように。

月末に、みんなが助かっている未来が待っていると思うと少しワクワクした。

けれど、翔琉は「んー」とあごに手を当ててしまう。

「それはどうかな」

「え、どういうこと？」

「さっき紗菜が言ってただろ？　一度目の時間旅行ではうまく助けられずにやり直したって。それはそのペンダントがあるからできたことなんだよ。ふたりは持っていないからチャンスは一度きりしかない」

「じゃあ……もしも失敗してたら……」

「失意のなか、月末まで過ごさなくちゃならない」

ああ……。そんなこと考えてもみなかった。

時間が統合されたときに、ふたりのうちどちらかが――いや、ふたりとも事故を阻止できていなかったとしたら……。

うつむく私の肩を翔琉がポンと叩いた。

「大丈夫。どうしても時間旅行をやり直したかったなら、ふたりの時間軸にいる紗菜からペンダントを借りればいいんだよ。納得できるまで何度でもやり直せばいい」

「ああ、そっか……」

言われてみればその通りだ。ペンダントさえあれば時間旅行はできるのだから。

「ただ心臓が持てばいいけど」

「心臓？　え、どういうこと？」

バス停に向かって歩きだす翔琉の横に並ぶと、いたずらっぽい表情を浮かべている。

「冗談、冗談。前に見た文献に、能力を持たない家系の人が時間旅行をすると寿命が縮まる、って書いてあったから驚かせただけ」

あ……。時間旅行をしたときに感じた苦しさは、そういうことだったんだ。

「寿命が縮むって……どれくらい縮むの？」

「いやいや、ただの仮説だから気にしなくても――」

翔琉は言葉を止めると、グイと私に顔を近づけてきた。

「紗菜、ひょっとして具合が悪いの？」

「ううん。全然、なんともないよ。もしそうならどれくらいかな、って」

無意識に胸に当てていた手をサッとおろした。

「……あやしいな」

「あやしくないし」

鋭い翔琉に平気な顔をしてみせた。

私の寿命はどれくらい減ったのだろう。時間をさかのぼったぶんだけならいいけれど、年単位とかならどうしよう。

そこまで考えてから急に体の力が抜けた。誰もわからないことを考えたって仕方ない。普段はちょっとしたことで落ちてしまうのに、時間旅行という非日常な出来事のせいで楽天的な思考になっている。

「なんだよ、急に笑って」

「そういう翔琉も笑ってるじゃん」

一度笑いだすと止まらない。グッと顔に力を入れるけど、次の瞬間には声をあげて笑ってしまう。翔琉もおかしそうに笑っている。

ひとしきり笑い合ったあと、翔琉が言った。

「俺は紗菜の笑った顔がすげえ好きなんだよ」

八重歯を見せて笑う翔琉が見られてよかった。そうだよ。たとえ寿命が縮んだって、何度でも翔琉を助けに行くのは事実なのだから。

心のなかで『私も翔琉の笑顔が好き』とつぶやいてみる。いつか、言葉にできればいいな……。

再び降りだした雨にカサを差した。バラバラと音を立てて弾ける雨の向こうに、バス停が見えてきた。

大騒ぎしている内藤先生や泣いている生徒が見えた。

山道へ駆けていくうしろ姿は、胡桃と亜加梨だ……。

もしも違う時間軸にいるふたりが失敗していたとしたら、そして何度も時間旅行をすることになったなら……。考えるだけで胸が痛い。

「翔琉」

「わかってるよ」

なにも言ってないのに、翔琉は人差し指を立てた。

「ふたりのことが心配、ってことだろ？」

翔琉はわかってくれているんだ……。

「俺のせいでふたりを時間旅行に巻きこんだことになるしな。まずはそれぞれの今の時間の様子を見に行こう。失敗してなかったら助ける必要もないわけだし」

「え、胡桃や亜加梨の時間軸へ行けるってこと？」

「俺くらいになるとそれくらいは簡単にできるんだ」

エヘンと胸を張る翔琉がやけにかっこよく思えた。またあふれてくる〝好き〟の気持ちをかろうじて抑える。

今は、大切な友だちと、その友だちの大切な人を救うことが先決だ。それからのことは、そのときに考えよう。

「わかった。連れていって」

うなずいたあと、翔琉は私のほうへ体の向きを変えた。さっきよりも強くなった雨が坂道を流れていく。

「いろいろ……悪かったな」

咳払いのあと、翔琉はつぶやくように言った。

「ううん。私こそ……」

「じゃあ、時間旅行に出かけよう」

ちょっとそこまで、という口調で翔琉は言った。

怖くないよ。翔琉がいればなにも怖くない。

目を閉じれば、雨をかき消すほどの風を感じた。

第四章　運命をつかまえて

目を開けると同時に足元がぐらついた。

悲鳴をあげる間もなく倒れそうになる肩を誰かが抱いて止めてくれた。坂道の途中に立っているらしく、足元は滝のように泥水が流れている。

「大丈夫か?」

見ると、翔琉の横顔がすぐそばにあった。

「うん」

翔琉と一緒に時間旅行をしたので副作用は出なかったらしく、胸の痛みはなかった。

驚くほど激しい雨にあっという間に体がびしょ濡れになる。

「あ、ここは……」

やっとどこにいるのかわかった。坂道の先にはひしゃげたバスがあり、救急車や消防車の赤いライトが雨を浮きあがらせていた。

「お姉ちゃん!」

運ばれていく担架に叫びながらすがっているのは――胡桃だ。救急隊員に止められてもなお、必死で担架にすがりついている。

「俺……こんな感じで死んだのか」

なんと答えていいのかわからず、「そう、だね」と小声でつぶやけば、雨の音にかき消されてしまう。

あの事故の日、翔琉を乗せた担架が見当たらない。当然、すがりついて泣き叫んだ過去の私もいない。

「この時間軸にも私と翔琉がいたはずだよね？　ふたりはどこへ行ったの？」

「時間旅行をした人が優先になるんだよ。さっきまでそこで俺は死んでいて、きっと紗菜は泣いていた。でも、俺たちがここに来た瞬間、こっち側が実在する側になる」

「じゃあ、あの救急隊員さんは？」

ふたりの隊員が、誰も乗せていない担架を手に戻っていくのが見えた。

「さっきまでいた本物の俺たちの記憶は消えている。本来なら胡桃や亜加梨からも俺たちが事故現場にいた記憶は消えてしまうが、あの胡桃は偽物だから」

「偽物じゃないよ。時間旅行してきただけでしょ」

「じゃあ、上書きされた胡桃だ」

きっと翔琉は私が落ちこまないように、わざと明るく話をしてくれているんだろうな……。

雨は世界を灰色に変え、生きているものすべてを消そうとしているくらい激しく降っている。遠くで亜加梨が絶叫する声がかすかに耳に届く。

あの日、私もこの悲劇のはじまりに打ちのめされた。ずいぶん前のことに感じるのは、翔琉を助けられたからだろう。もし、時間旅行ができなかったなら、なにも変わらず苦しみのなかでうずくまっていたと思う。

だからこそ、胡桃と亜加梨の悲劇を変えてあげたい。

「ここは胡桃の時間軸なんだよね？」

「どうやら失敗したみたいだな」

坂道をおりて胡桃のそばに近づくと、スローモーションで膝をついたところだった。私たちに気づかず、救急車に運ばれていく凜さんを雨に打たれるまま茫然と見つめている。

ぬかるんだ地面は、私の足をつかんで引きずりこもうとしているように重い。

「胡桃」

声をかけると胡桃はゆっくり私を見て、時間が止まったみたいに動かなくなった。しばらくして、胡桃は真っ青な唇を開いた。

「どうしよう。止められなかったの……。お姉ちゃん……バスに乗っちゃって」

雨と涙が混じる顔で、胡桃はガタガタと震えている。その瞳にあの日見た絶望が浮かんでいて思わず目を逸らしてしまう。

でも、胡桃を助けるって決めたから……。

「胡桃」

隣に膝をつき震える肩を抱いた。

「紗菜にせっかく……時間旅行させてもらったのにうまくでき――」

そこで胡桃はハッと口をつぐんだ。今の時間軸の私はまだ時間旅行について知らない。そのことを思い出したのだろう。

「あ、なんでもないの。それより翔琉くんまで亡くなるなんて――」

私から視線を横に向けた胡桃が一瞬フリーズした。

「よお、胡桃」

右手を軽くあげた翔琉をまじまじと見た胡桃が、

「ああああ！」

びっくりするほど大きな声を出して尻餅をついた。

「え、なんで⁉　翔琉くん、なんで……。さっきあの担架にっ！」

「胡桃、落ち着いて」

私の声は聞こえないらしく、胡桃は体を起こし翔琉の足にすがりつく。

「生き返ったの⁉　どうやったらできるの？」

雨がまた激しさを増している。

「お願いだからお姉ちゃんを助けて！　お願いだからっ！」

泣き叫ぶ胡桃の上空で雷が光り、遅れて音が爆発するように響いた。

駅前のファーストフード店は大雨のせいか空いていた。まばらな店内で、学校指定の朱色のジャージに身を包んでいる私たちはきっと目立っている。

あのあと、内藤先生と入れ替わりに現場をあとにし、学校に置いてあるジャージを持ってバスに乗って駅まで来た。バスは土砂崩れの現場を避けるため、迂回ルートを選んだのでかなり遅くなってしまった。

トイレで着替えるころになると、ようやく胡桃も少し落ち着いたようだった。私たちが着ていた制服は水洗いをし、コインランドリーにある大型乾燥機に突っこんできた。

「そうなんだ。ふたりは紗菜の時間軸から来たんだ……」

オレンジジュースに手もつけず、胡桃は力なく言った。まだ濡れている髪からしずくがひとつテーブルに落ちた。スクールメイクも流されてしまい、いつもよりあどけなく見える。

一方の翔琉は、ハンバーガーにかぶりついている。ちなみにもう二個目に突入したところ。ごくりと飲みこんだ翔琉が、胡桃に手持ちのバーガーをひとつ差し出した。

「今のうちにしっかり食べて栄養つけておいたほうがいい。これから成功するまで何回も時間旅行をすることになるんだから」

「うん。でも、それは翔琉くんが食べていいよ」

「そう？」

いそいそと自分の陣地にバーガーを戻す翔琉。さっき聞いたところによると、『時間旅行はお腹が減る』そうだ。

凜さんの命を救うチャンスがまだあることがわかってホッとしたのだろう、胡桃の表情は穏やかだ。

私は自分のトレーにあるポテトを胡桃に差し出した。ポテトを一本つまんだ胡桃が、翔琉をうかがうように見た。

「お姉ちゃんを……救えるんだよね？」

「運命を変えられるのは一度だけなんだ。それは、胡桃の運命じゃなく、君が大切に想う人の運命のこと。今のところ——凜さんだっけ？」

「そう」

「凜さんの運命は変えていない。まあ、その前に変えられていたとしたらどうしようもないけどな」

あっさりと言う翔琉に「え？」と口を挟む。

「どういう意味？　だって上書きされる、って言ってたじゃん」

時間旅行をするたびにその人の運命を変えることができるはず。

「上書きというより入れ替わる感じ。さっきも言ったけど、そうしないと同じ人がふたりいることになるから。でも、運命は一度しか変えられない。たとえば、俺たちが時間旅行する前に、誰かが先に時間旅行をしていたとする。本来、凛さんはあのバスに乗らない運命だったが、その人のアドバイスにより乗車していたら――」

「運命が一度そこで変わったってこと？」

「そういうこと。その場合はどんなに時間旅行をして命を救ったとしても、月末に時間軸が統合されたときに、凛さんはやっぱり亡くなることになる」

「そんな！」

ガタッと椅子を鳴らして胡桃が立ちあがった。ひとつ挟んだテーブルにいたサラリーマンがギョッとしてこっちを見ている。

「だったら助けても意味がないってこと!?」

よほど凛さんが好きなんだろう。周りには目もくれずに大声を出す胡桃の瞳が潤んでいる。さすがの翔琉も慌てたようで、広げた両手を必死で横にふっている。

「落ち着いて。時間旅行できる人なんてほかにいないんだから、今のは単に時間旅行のルールを説明しただけだから」

「あ……ごめん」

恥ずかしそうに椅子に座る胡桃と目が合った。うなずいてみせる私に、モジモジと紙コップを両手で持ってジュースを飲んでいる。

いつも大人しいイメージだったけれど、大切な人を救うためなら、はっきりと意見を言えるんだ。新しい一面を見た気がするけれど、きっとこれが胡桃の本質なのだろう。

もっと胡桃のことが知りたいと思った。

「凛さんってどんな人なの？　たしか、最初は苦手って言ってなかった？」

バス停で会ったときにそんなことを言っていた記憶がある。

「ああ」と、胡桃は首を横にふった。

「昔はすごく仲良しだったの。どこに行くのも一緒だったし、同じ高校を選んだのもお姉ちゃんの影響なんだ。かぶらなかったから学校で会うことはなかったけど」

なつかしむような目をして胡桃は続けた。

「顔は似てたけど、お姉ちゃんっていうよりもお兄ちゃんみたいな性格でね。いつも元気で太陽みたいな感じだった」

ふにゃっと笑みをこぼした胡桃は「でも」と、目を伏せた。

「お姉ちゃんが高校三年生のときにね、急に『大学は県外に行く』って言い出したの。親も当たり前のように応援してて、でもそれって家から出ていくってことでしょう？その日からだんだん避けるようになったんだ」

胡桃は必死に言葉を絞り出しているように見えた。その表情が痛々しくて、強い後悔を抱えているのが伝わってくる。

翔琉は、と目線を向けるとハンバーガーを食べ終わったらしく、ぼんやりと雨を眺めている。

「家を出ていく日も見送ることもできなかった。大学に入ってすぐに彼氏ができたらしく、滅多に家にも顔を出さなくなった。たまに帰ってきてもやさしい気持ちになれずに無視したりして……。勝手に捨てられたような気がしてたの」

「大丈夫だよ」

深いため息をテーブルにこぼす胡桃に、

と勝手に口が言っていた。

「え？」

「だって、胡桃は後悔しているんだもんね？」

「うん。勝手に裏切られたと思いこんで、冷たい態度を取って……。もう、情けなくて後悔しかない。どうしてもっとやさしく話ができなかったんだろう、って」

しおれた花のようにうつむく胡桃にうなずいてみせる。

「翔琉がいれば、時間旅行をしてもう一度やり直しができる。私も一緒に行くから、今度こそお姉さんを助けて後悔をなくそうよ」

「紗菜もついてきてくれるの？」

「もちろん。私は翔琉を助けることができたから、あとは胡桃と亜加梨のお手伝いをしたいの」

「すごく……うれしい。ありがとう、紗菜」

これまで自分のことをあまり話せずにいた。クラスでも当たり障りないことばかり話題にしていた気がする。

距離間が縮まらないと感じていたのは、胡桃もきっと同じだったんだ。こうやって心を開いて話をすれば、相手も応えてくれる。これからは、翔琉への気持ちを胡桃には相談できるかもしれない。

翔琉がコーラを一気飲みしたあとズイと私たちに体を近づけた。

「じゃあ作戦会議をしよう」

そんなことを言う翔琉に思わず笑ってしまった。

「作戦会議っていっても、バスに乗るのを止めるだけでしょう？」

「あれ？　紗菜は一回失敗したって言ってなかったか？」

「う……たしかに」

それを言われるとつらい。敏感に反応した胡桃が驚いた顔になった。

「どういうこと？　紗菜も一回じゃダメだったんだ？」

「そうなんだよね。普通に止めればよかったのに、気がついたら翔琉がバスに乗ってしまっていて……」

話すだけでゾクリと背筋が寒くなる。あんな思いはもうしたくないし、体験したくない。

翔琉が私のポテトを一本奪い、その先端をこっちに向けてきた。

「人は毎日のなかで無意識に選択しながら生きている」

「選択？　選ぶってこと？」

「そう。『次の休みはあれをしよう』とか『何時に寝よう』とかの選択。俺はあのとき、自分がした選択――つまり、あのバスに乗ることが頭に残っていて、気がついたら足が向かってた。今思うと、見えない力に誘導されている感じだった。結局、もともとの運命の力が強いってことだろうな」

時間軸をやり直しても、もともとの記憶は頭のどこかに残っている、ということなのだろう。

「決まっていた運命を変えるのは難しいんだね」

感心する私に、「ああ」と翔琉はポテトを口に運ぶ。

「それで子供のころも失敗した」

「……それって、裏山での事故のこと？　やっぱり翔琉が助けてくれたんだ！」

身を乗り出す私に、翔琉は「うわっ」と驚きの声をあげた。

「あれは俺の責任なんだよ。紗菜は忘れてるかもしれないけど、あの鬼ごっこの鬼は俺だったんだ。逃げる紗菜をしつこく追いかけたせいでケガをしてしまったから」

そうだったんだ。やっぱり翔琉が助けてくれていたんだね。

胸の鼓動を感じると同時に、どうしようもなく頬が熱くなっていく。よく見るリアルな夢は私が本来たどるべきだった運命で、翔琉が命懸けで変えてくれていた……。

「ありがとう。私……」

「いいよ」と、翔琉が照れたように手のひらをヒラヒラとふった。

「初めての時間旅行だったし、そりゃケガをしたのは悔しいけどさ」

きっともともと体験した事故の印象が強すぎて、運命が変わったあとも夢に見ていたのだろう。うれしくて恥ずかしくて、今にも泣きだしてしまいそう。

そのときふと、なにかが頭をよぎった。

そうだ……。最近、なにかリアルな夢を見たんだ。たしかバス停に立つ夢で……。

思い出そうと顔をしかめてみるけれど、雰囲気くらいしか浮かばない。

しばらく黙っていた胡桃が「ねえ」とメガネを人差し指で直した。

「時間旅行をやり直せると知ったのはいつのことなの？」

私への質問じゃないけれど、翔琉の答えが気になる。夢のことは一旦置いておくことにした。

「時間旅行自体は小五のときにやってから、何度かこれまで試してる」

腕を組んだ翔琉が宙をにらみながら続ける。

「でも、同じ時間をやり直せることに気づいたのは最近なんだよ。たまたま、そういう文献を見つけて試しに同じ時間に何度か戻ってみたんだ。何度でもやり直せたから驚いたよ」

翔琉の答えに、胡桃が「え」と私と同じように眉をひそめる。

「じゃあなんで肩の傷を回避しに行かなかったの？　時間旅行をして事故の直前に戻って、自分もケガをしないように紗菜を助ける。月末に世界が統合されるのを確認して、現代に戻ってくれば解決しそうな気がするけど……」

胡桃の言うことはもっともだと思った。翔琉の能力があれば、自分のケガもなかったことにできるかもしれない。

「今回のことが落ち着いたら、時間旅行してみたらどうかな？」

「…………」

返事がない翔琉。見ると、翔琉は宙をにらんだままで動かない。

「ちょっと翔琉」

顔の前で手をふると、

「……ん？　ああ、どうやって説明していいのか考えてた」

と言って肩をすくめた。

「時間旅行をして本人の運命を変えることができるのは一度だけなんだよ。つまり、紗菜を助けた時点で運命は決定した。俺がケガをする運命もそこで確定されたってこと」

「ああ、そうだったんだね」

「それに、もしも運命をやり直せるとしてもさ、考えてみろよ。時間旅行をした人たちは当時の自分に上書きされる。鬼ごっこしようって集まったら、柱谷翔琉だけが急に高校生になって出てくるんだぜ？」

「あっ」

口元を両手で押さえる胡桃。ようやく私も理解できた。

「そっか、時間旅行をすると上書きされるんだったね」

そう言う私に翔琉は目を細めてうなずいた。

小学生の輪のなかに交じる翔琉を想像して、思わず笑いそうになる。

「うちのばあちゃんは違う能力があったらしくて、子ども時代の自分に会ったこともあるみたい。さらに祖先にさかのぼると、違う人に同化できたりもしたらしい。代を経るごとに能力が薄れていってるってことだよなあ」

そう言ったあと、翔琉は立ちあがった。

「てことで行くか？　胡桃を助けたあとはもうひとり待ってるわけだし」

胡桃に目をやると、力強くうなずいている。今度こそ失敗しない、という決意が表情に出ていて、こんな顔もあるんだと素直に感心した。

外に出ると雨は小降りになっていた。今からまた大雨のなかに戻ることを考えると、少し気が重い。だけど、がんばるって決めたのは私だ。翔琉が言う〝選択〟をしたんだ。

「うえ。まだ湿ってる」

コインランドリーの乾燥機を止め、翔琉が制服を取り出した。私の制服も生地の厚い箇所は乾いているとは言い難いけれど、胡桃が戻る時間帯は今日の昼休みだから体操服ではマズいだろう。

駅前の公衆トイレで着替えたあと、私たちは人影のない場所で集合した。能力がない私たちはきっかけになった場所でしか時間旅行ができないけれど、翔琉のように能力がある人にはその制限はないらしい。

「俺が合図するまで絶対に目を開けないこと。それから、亜加梨のことは放っておくこと」

「でも一緒に助けたら、時間が統合したときに亜加梨のお父さんも助かるんだよね？」

そう尋ねると、渋い顔で翔琉は見てくる。

「俺の説明を聞いてたか？　運命を変えるのは本当に大変なんだよ。ひとりずつ助けたほうが絶対にいい。二兎追うものは……なんだっけ？」

「一兎も得ず」と、胡桃が補足した。

「そうそう、それ。一度しか運命は変えられないんだから。紗菜もたまには俺の言うことを聞けよな」

さっきまでやさしかったのに、不機嫌そうにうなる翔琉。たしかにそうだけど、急に冷たくされた気がして傷ついてしまう。

好きになることは心がふたつに増えること。ひとつはもともと存在する私の心。もうひとつは、好きな人の言葉や態度に揺れ動く心。ちょっとしたことで傷ついたりよろこんだりする自分を、恋をしてからはじめて知った。

「わかった。行こう」

今は集中しなくちゃ。

うなずく私の隣で、胡桃が不安そうに両手を組んで祈るポーズを取っている。

翔琉が胸元からペンダントを取り出し、手のひらの上に置いた。

「今回は俺の持っているやつで時間旅行するから。しっかりと握ってて」

おずおずと胡桃がチェーンの部分を握った。私も余っているチェーンをしっかり指にからめる。

「目を閉じて。胡桃は行きたい場所と時間をしっかりと頭に浮かべて」

うつむいて目を閉じると、さっきまで感じなかった風が頬に当たる。どんどん強くなる風に反比例して、雨の音が遠ざかっていく。

不思議な感覚だった。怖くて目を開けたくなる気持ちをこらえていると、ふいになんの音も聞こえなくなった。やがて髪を乱す風は収まり、四方八方からいろんな音が聞こえてきた。この音を私は知っている。

「目を開けていいよ」

翔琉の声にそっと目を開けると、照明の明るさに目がくらんだ。

「あ……」

私は教室の自分の席に座っていた。視界に誰かの大きな手が見えた。見あげると、翔琉が私の机に右手を置いて立っていた。

「大成功。体はなんともない？」

翔琉が顔を覗きこんできた。やはり翔琉と一緒だと体への負担はないみたい。

「うん。むしろ元気になった気がする」

「はは。でも、無理はしないで。時間旅行をするってことは、人よりも多くの時間を過ごしていることになるからさ」

やさしい言葉に頬が赤くなるのを感じる。

一度失った存在だから、そばにいてくれるのがうれしくてたまらない。

「ありがとう」

「こっちこそ」

翔琉は八重歯を見せて笑ったあと自分の席へ戻っていく。前の席を見ると、胡桃がキョロキョロと教室を見渡していた。

「胡桃」

「はい！」

椅子ごと飛びあがる勢いの胡桃に、隣の席の桐島くんが「うわ！」と連鎖するように叫んだ。

「んだよ。急に大声出すなよ」

ぶつくさ言う桐島くんを無視して、胡桃が私のほうを向いた。

「もう一度、戻ってこられたんだよね？」

「うん。やったね」

時計は昼の十二時四十五分を指していて、空になった弁当箱が目の前にある。事故の日の昼間に戻れたんだ。

「このあと、なにがあったの？」

顔を近づけて小声で尋ねると、胡桃はそっと桐島くんに目をやった。そういえば、あの日は桐島くんがなにか……。

「あ、そういえばさ！」

桐島くんが胡桃のほうへ体ごと向けた。

「さっき松本の姉ちゃんと職員室の前で会ったぞ。ほら、うちの姉ちゃんと仲いいじゃん。俺のこともすぐに思い出してくれてうれしかったわ。でもさ、なんで来てるわけ？」

そうだった。桐島くんが胡桃に質問をしたんだった。

「OB訪問なんだって」

「うちの姉ちゃんは来てなかったけど？」

「平日だからじゃないかな。桐島くんのお姉さん、社会人なんだもんね？　うちのお姉ちゃんはまだ大学生だから時間があるみたい」

さすがに同じ会話を何度もくり返しているだけあり、胡桃はサラサラと答えている。いつもの気弱な感じはどこにも見られない。

桐島くんもそんな胡桃に戸惑っているのだろう。「なるほど」と答えながら、どこか違和感を覚えている顔になっている。

それにしても、どうして胡桃はこの時間に戻りたかったのだろう。事故の寸前に戻って、力づくでも凜さんがバスに乗るのを止めることだってできたはずなのに。

「あのね、ちょっと話がしたい」

胡桃は小声でそう言うと、教室を出ていった。廊下のはしっこへ私を誘導すると、スマホを取り出し画面を見せてくる。メッセージアプリのやり取りが表示されていた。

【凜】おはよう。今日は久しぶりに母校に行きたくなっちゃった。ということでOB訪問にうかがいます。　8：00

【凜】今、出たところ。昼休みくらいには到着予定。ちょっと会える？　10：30

【凜】到着したよ。すごくなつかしい！　12：20

【凜】夕方まで待ってるから一緒に帰ろうか。胡桃としゃべりたいな。　12：30

凜さんからのメッセージは今日以外にもあるけれど、胡桃は既読スルーしているらしくいっさい返事をしていない。

恥ずかしそうに画面を消すと、胡桃は「あのね」とため息とともに口にした。

「お姉ちゃんのこと、こうやってずっと無視してたの。あの事故の日も、このあとお姉ちゃんに会ってケンカしたの。そのあとも避け続けて、バス停で待っているお姉ちゃんにイライラして……最後に【話なんかしたくない。迷惑だから帰って】ってメッセージを送ったの。何年かぶりのメッセージだったのに、ひどいよね……」

メッセージを見た凜さんがあのバスに乗り事故に遭った。胡桃が責任を感じるのも仕方ない気がした。

「私がお姉ちゃんを殺した。私のせいでお姉ちゃんは死んだのに、いなくなってから後悔したって遅いのに……」

メガネを取ると胡桃はハンカチで目頭を押さえた。

これまでずっと、誰かと深く関わることが怖かった。近寄ってしまったら、そのぶんあとで傷つくだけだ、と。

でも、胡桃の後悔が私にはわかるから。誰かを失ったあと〝もっとこうしたかった〟と私も後悔を重ねたから。

「胡桃」

涙を拭う胡桃にそっと声をかける。

「その後悔をなくすために時間旅行したんだよ」

「でも、さっきもうまくできなくて……」

「私も翔琉もいるから大丈夫。成功するためには、なんで前回失敗したかを考えようよ」

ね、と顔を覗きこむと、胡桃はやっとうなずいてくれた。

「さっきはね、メッセージアプリでやり取りしたの。久しぶりの返信にお姉ちゃんすごくよろこんでくれてね。午後の授業がはじまってても何度もメッセージが来たんだよ。私も休み時間に【授業が終わるまで待ってて。一緒にバスに乗ろう。ひとりでは絶対に乗らないで】って何度も伝えた。お姉ちゃんも【待ってるよ】って……」

あの日、胡桃は図書室で凜さんが帰るまで隠れていた。警報で六時間目が中止になったあとすぐに合流できたなら、事故に遭う何本も前のバスにだって乗れたはず。

「なにがあったの？」

「……わからないの」

苦しげに胡桃はそう答えた。

「夕方になって待ち合わせ場所を決めようとメッセージを送ったら、返事が来なかったの。職員室を探したり電話もしたけどダメで……」

「バス停には?」

「それが……まさかバス停にいるとは思わなくって。気づいたときにはバスが走りだしてたんだよ」

メガネの下から涙が伝っている。

教室から出てきた翔琉が私たちに声をかけずに、自分の左手首に右の人差し指を置くしぐさをした。

あ、もうすぐ昼休みが終わってしまうんだ……。

「バスの時間までにバス停に行けばいいのかな? どうすればお姉ちゃんを助けられるんだろう」

視線を戻すと、自信なさげに胡桃は涙を拭っている。たしかに夕方に待ち伏せすれば回避できるかもしれない。だけど、もっと早く胡桃の後悔を払拭したいと思った。

チャイムが時間切れを宣告するように鳴りはじめた。

「ちょっと来て」

胡桃の手を引いて、半ば強引に翔琉のもとへ向かう。

「翔琉、先生に胡桃の具合が悪くなったから保健室に行くって伝えて。私はつき添いということにする」

「わかった」

あっさりとうなずいた翔琉が教室に戻っていく。

「え、どういうこと？」

戸惑う胡桃に、

「そういうこと」

と答えてから廊下を歩きだす。胡桃は戸惑いながらも手をつないだままついてきてくれた。

「保健室についたらお姉さんにメッセージを送ろう。で、保健室まで来てもらって、そのまま今日は帰るといいよ。荷物はあとで持ってくるから」

「え……。あ、バスの時間まで待たなくても先に帰っちゃえばいいんだ」

階段を一段ずつおりる。胡桃の声のトーンがさっきよりも明るくなっていることがただうれしい。

「翔琉が運命を変えることは難しい、って言ってたでしょう。あれは、本当のことだと思う。家についても、お姉さんのそばを離れないようにしないとね。いつ舞い戻ってくるかわからないから」

「舞い戻って……うん、そうだね」

ホッとしたのだろう、胡桃が少し笑みを浮かべている。

保健室の前で胡桃は、ここに来るように凜さんにメッセージを打った。

「既読になった。あ、【うれしい！　あとで行くね！】って。ふふ、すごい数の絵文字がついてる」

「よかったね」

よかったことはもうひとつある。保健室の先生が午後から会合のため不在だということ。誰もいない保健室のベッドにふたりで腰をおろし、凜さんを待つことにした。

午後の授業がはじまったのだろう。校舎から音が消えた。

「雨の音がする」

胡桃がぽつりとつぶやいた。

「あの日は夕方からどしゃ降りだったよね」

「一旦あがったのに、事故が起きた時間から豪雨だった。今回は濡れずに済めばいいね。ううん、そうしないとダメだね」

胡桃が緊張しているのが伝わってくる。

「できるよ。一緒に何度でもがんばろうよ」

運命を変えることが難しいのなら、胡桃たちと一緒に私も帰ったほうがいいかもしれない。なんならふたりして風邪を引いたことにするとか。

そんなことを考えていると視線を感じた。胡桃が不思議そうな顔で私を見ている。

「え、なに？」

驚く私に胡桃はサッと視線を逸らせモゴモゴと口を動かしたあと、決心したようにあごをグッとあげた。

「紗菜……すごく変わったよね。前より、なんていうか……レベルアップした感じ」

「レベルアップ？」

「あ、ごめん。そうじゃなくて、強くなった気がする」

「そんなことないよ。必死で時間旅行をしているだけだから……」

ベッドに置く手が汗ばんでいる。

胡桃は何度かまばたきをしてから、気弱に頭を垂れた。

「うらやましいな。私は昔からなにに対しても自信がないから。がんばっても結果がついてこない人生なの」

「そんなの私だって同じ。自信なんてみんなどうやって持ってるのか不思議だもん」

流されるように毎日を生きてきた。どんなことが起きても、受け入れることしかできない弱い存在だと思って生きてきた。

うつむいたままの胡桃に「うちね」と言葉を続けた。

「両親が離婚してること知ってるよね？　離婚前は険悪でね、ふたりの意見が一致するのは私を責めるときだけ。成績のこととか帰る時間のこととか、そういうときだけ共鳴してチームを組んで攻撃してくるんだよ」

「ああ、それわかる。普段は仲が悪いくせに、って思うよね」

「それがわかってからはあえて反抗したりもしたの。今考えるとおかしいけれど、私がふたりをつなぎとめている自信があった。でも……結局離婚しちゃった」

一度も相談はなく、決定事項として報告されただけだった。

離婚後は前よりもいい関係になった、と思うことで過去を正当化するしかなかった。自信なんてあっという間に枯れ果ててしまい、また流されるだけの日々に戻った。

——でも、翔琉だけは失いたくない。

「胡桃だって凜さんのことをこんなに想っているんだからできるはず。私も翔琉もついてるから必死でがんばろうよ」

しばらく黙ったあと、胡桃がフッと笑った。

「今思ったんだけど、〝必死〟って、必ず死ぬって書くよね?」

「ちょっとこんなときにやめてよ。胡桃ってほんと、よくわからないことを言うよね。まあ、そこが好きだけど」

そう言う私に、胡桃は今度こそ声にして笑った。私も一緒になって笑いながら、明るい気持ちになれたのは久しぶりな気がした。

目じりの涙を拭ったあと、胡桃は「でも」と窓の外に目をやった。

「紗菜って、本当に翔琉くんのことが好きなんだね」

いる。

思わず大きな声をあげてしまった。私の反応を楽しむように、胡桃の口元が緩んで

「うん。……って、え!?」

「私、こういうことに敏感なの。見てればわかるよ。翔琉くんの一挙一動に反応して

いることも、自分をセーブしていることも」

きっと今までなら否定の言葉を口にしていたと思う。でも、一度失ってしまった今、

翔琉への想いを口にすることなんて大したことじゃない気がした。

「好き。翔琉のことがずっと好きだった」

言葉にすれば、お腹にあった重りが軽くなった気がした。

「告白すればいいのに。翔琉くんだってあんなに紗菜のことを好きって言いまくって

るんだし」

「そうだね。胡桃と亜加梨の大切な人を助けられたら、ちゃんと考えるよ」

今は翔琉のことを考えている場合じゃない。

だけど、気持ちを切り替えようとしても、一度浮かんだ翔琉の顔が消えてくれない。

運命を変えることが難しいとしたら、翔琉はまたあのバスに乗ってしまうのではない

か。そんな不安が胸に広がっていく。

そのときだった。音もなく保健室のドアが開き、きれいな女性がひょいと顔を覗か

せた。栗色の艶(つや)やかな長い髪が揺れ、はっきりとしたメイクの女性が白い歯を見せて笑いかけてくる。長い黄色のスカートが、早すぎる季節を連想させる。

「お姉ちゃん!」

弾かれたように立ちあがった胡桃が、女性に駆け寄り力いっぱい抱きついた。

ああ、彼女が凜さんなんだ。想像そのままの元気いっぱいの姿は、夏に咲くひまわりみたい。

抱きつかれた反動で凜さんの手にしていたバッグがカーリングのように床を滑っていった。

「え、どうしたの? どうして泣いてるの?」

驚く凜さんの瞳が私を捉えた。よかったですね、とほほ笑んでみるけれど、凜さんは口をへの字に結んで私を見ている。ううん……にらんでいる?

「まさか……あんたが胡桃を泣かせたの?」

最後のほうは低い声になっている。お姉ちゃんというよりはお兄ちゃんっぽい、の説明がしっくりくる。

固まる私に、早く否定してほしいのに胡桃は泣きやまない。

「あの……」

「名前は?」

胡桃をかばうように抱く凜さんの問いに、

「青山紗菜です」

自己紹介をしてからおずおずと頭を下げた。

「え……。あ、ごめん。あなたが紗菜さんだったんだ」

ようやく胡桃が顔をあげた。

「お姉ちゃん、紗菜のこと知ってるの？」

「お母さんから、胡桃の友だちって聞いてた。それよりどうしたのさ、ラインに返信なんて一度も寄こさなかったくせに。今回も無視されるって思って、教室に突撃するつもりだったんだよ」

凜さんならやりそうだけど、実際は教室には来ていない。

「胡桃からラインが来て、お姉ちゃんすごくうれしかったよ」

きっと凜さんも胡桃の拒否に傷ついていたんだろうな。胡桃はまるで子供のように泣きじゃくっている。

「お姉ちゃんに謝りたかったの。私、ずっと冷たい態度ばかり……無視して……あの、バスに乗らないで。嫌いにならないで……」

混乱しているのだろう、思いつくまま言葉にしている胡桃に凜さんは眉をひそめていたけれど、突然胡桃の肩をガバッと引きはがした。

「バカ！　なに言ってんのよ。胡桃のことを嫌いになるわけがないじゃない」

「でも、でも……」

「ちょっと落ち着きなさい。紗菜ちゃんも困ってるじゃない」

本当に明るくて強くて、太陽みたいな人だと思った。雨さえ遠ざけるほどのパワーに、胡桃はこくりとうなずいている。

「私は大丈夫です。胡桃、カバン持ってくるからね」

そう言って保健室をあとにした。


職員室に行き、内藤先生に早退することを告げるとすぐにうなずいてくれた。

「インフルが流行ってるからなあ。青山はいいけど、松本んとこは姉ちゃんが来てるけど知ってるのか？」

「もう合流してますよ。このあとお話をするんですよね？　終わるまでふたりで待っています」

先に帰ろうという作戦は、凜さんにより却下された。内藤先生に大事な用事があるそうだ。

が、内藤先生は太い腕を組み首をかしげた。

「いや、俺との話はもう終わってるけど？」

「え？　だって六時間目に話をするんじゃないんですか？」

「その予定だったんだけどな、あいつ午前中に急に押しかけてきてさ、そういうところは変わってないんだよな」

胡桃のメッセージには違うことが書いてあった。これも運命が少しずつ変わってきたということなのだろうか。もしくはもともとそういう予定で、これからの時間はほかのOBさんたちと思い出話でもするのかな……。

「あれ、ほかのOBさんたちはどこにいるんですか？」

職員室には教員の姿しか見当たらない。

「今日は松本の姉ちゃんしか来てないぞ。あいつもまあ、いろいろあるみたいだからな」

「いろいろってなんですか？」

尋ねる私に、内藤先生はうるさそうに手のひらをふった。

「大人になるといろいろあるんだよ。いいからもう保健室へ戻れ」

すっかりインフルエンザの患者扱いだ。頭を下げて職員室を出ると、翔琉が向こうから歩いてくるのが見えた。手に私たちの通学バッグを持っている。

「ほらこれ。俺も一緒に帰ろうかな、って」

「ありがとう。先生に言わなくていいの？」

「ここは本来いる時間軸とは違うから大丈夫。これくらいのことで運命は変わらないだろ」

たしかに今は胡桃の時間軸にいるわけだし、このあとは亜加梨を助けに向かわなくてはならない。

隣に並び保健室へ向かっていると、翔琉がチラッと私を見た。

「大丈夫か？　これが終わったら一晩寝て休んでもいいんだぞ。どうせ戻る時間は同じだし」

同じ時間を何度もくり返しているせいで、疲れが体にまとわりついている気はしていた。本当ならもう夜になっている時間……ううん、夜中かもしれない。

「とりあえずは大丈夫。ありがとう、心配してくれて」

「そりゃ心配だよ。俺は紗菜のことが好きだし」

「……私も好きだよ」

キュッと床を鳴らし、翔琉が驚いた顔で立ち止まった。

「そんなふうに答えてくれたの初めてじゃん！」

「ちょ、声が大きいって」

「だって、だって……。うわぁ、マジでうれしい」

口に拳を当てた翔琉の頬が真っ赤に染まっている。

次に言われたらちゃんと答えようと決めていた。それでも翔琉の反応が予想外に大きかったせいで、急に恥ずかしさがこみあげてくる。

「そんなに驚かないでよ。普通に好きってことだから。あ、普通っていうのは深い意味があるんじゃなくて……」

「わかってるよ。でも……うれしい」

ほわんとした顔で先を進む翔琉。きっと私も同じ顔をしているのだろう。

今はまだ軽い告白でもいい。いつかお互いに本当に好きだと伝え合える日がきたらいいな……。

保健室へ戻ると、胡桃と凛さんの姿はなかった。スマホを見ると、胡桃からメッセージが届いていた。

【胡桃】お姉ちゃんと校内見学に出かけてきます。

翔琉に見せると「は?」と不機嫌そうに画面をにらんでいる。

「余計なことしないでさっさと帰ればいいのに。無理やりでもバスに詰めこめばいいのに」

「荷物みたいな言い方しないでよ」

何年かぶりに姉妹が和解できたのだから、積もる話もあるだろう。それに胡桃の性格を思えば、強引にバスに乗せるのは難しいだろうし。

「運命を甘く見すぎてるんだよ。親の心、子どもいらず」

「それを言うなら、親の心、子知らずでしょ。まだ時間あるんだから大丈夫だって」

「まあ、そうだけど……」

ブツブツ文句を言う翔琉がベッドに腰をおろしたので、私も隣のベッドに座った。

翔琉が横になったので、私も同じようにする。真似っこゲームでもしているみたい。

「なつかしいな。子どものころ、よくお互いの家で遊び疲れて寝てたよな」

見ると、翔琉は思い出のフィルムの再生をするかのように天井を見つめ、ほほ笑んでいる。不機嫌が直ったみたいでホッとした。

「私が翔琉の家に行くことが多かったよね」

あのころは家に早く帰りたくなくて、理由をつけては翔琉の家で時間をつぶしていた。翔琉の家は私の避難場所でもあり、心を落ち着かせるヒーリング効果があった。

「中学にあがる前までだけどな」

「翔琉は小五のときには時間旅行ができるようになったんだよね？　助けてくれてありがとう」

「気にすんな」

ゴシゴシと目をこすったあと翔琉は「まあ」と、顔をこっちに向けた。

「ばあちゃんがやり方を教えてくれたし、俺もまさか自分ができるとは思ってなかった。家系がどうのこうの、っていう説明をよくされたけど、まったく意味がわからなかった」

「おばさんにも内緒にしてたんでしょう？　それってなんで？」

おばさんは翔琉から時間旅行について聞いたのは、小五のときに一度だけだと言っていた。そう話すおばさんは少しさみしそうに見えた。

「父方の家系だけの秘密なんだって。俺も一度だけ母親に話したことあるんだけど、すげえ動揺させちゃってさ。それ以来、内緒にしてる。じゃないと、今回だって時間旅行しようとしただろうし」

「たしかにすごい慌てぶりだったよ」

ずいぶん前のことのように思えるけれど、つい昨日のことなんだな……。自分が時間旅行をしているなんて不思議だけど、翔琉を救えたことがうれしくてたまらない。同じように胡桃と亜加梨の大切な人を救いたい。

「ノートの存在すら忘れてたけど、ずっと心配かけてたんだろうなあ」

少し眠そうな声で翔琉は言った。

「私のケガを救うために時間旅行をしてくれたんだよね？　あとは、いつ時間旅行をしたの？」

そう尋ねると、翔琉は「ああ」と一呼吸置いてから答えた。

「ばあちゃんが同じ時期に亡くなったろ？　それもなんとかできるんじゃないか、って思ってやってみたんだけど、さすがに病気は治せなかった。発症する前に戻ったりもしたけど、ばあちゃん、俺が時間旅行したことにすぐに気づいてさ。家がまっぷたつに割れるんじゃないかってレベルで叱られてさ……」

「え、どうして？　おばあさんだって受診すれば運命を変えられたのに」

私なら教えてくれた翔琉に感謝し、治療するために奔走するだろう。

「『時間旅行は自分の家族のために使ってはいけない。他人様（ひと）を助けるためにあるんだ』って、鬼みたいな顔で怒ってた。当時は、自分の家族を救えないのに他人を助けるなんて納得できなかった。最後はケンカしたままで別れちゃったんだよな」

翔琉は私の心を映す鏡のよう。悲しい目を見ていると、私まで悲しくなってくる。

天井に視線を戻し、「そう」とだけ答えた。

そして、無言。雨は一時あがったらしく、なんの音も聞こえない。

白い天井が周りから薄暗くなっていく。

眠いな、と思ったときには目を閉じてしまっていた。

雷が落ちるような音に眠りは中断された。保健室の扉が乱暴に開かれた音だとすぐにわかった。

「紗菜！」

泣きそうな声は……胡桃だ。そう、ここは保健室で私はさっきまで翔琉と話をしていて……。

「ねえ、紗菜。起きてよ」

言われるまで目を閉じたままだったことに気づいた。やけに体が重くて、脳が働いていない。なんとか目を開けると、胡桃がオロオロした顔で私の体をゆすっていた。

「どうしたの？　あれ、翔琉は？」

上半身を起こしてすぐに、翔琉の姿が見えないことに気づいた。

「翔琉くん？　そうじゃなくて、お姉ちゃんがいなくなっちゃったの！」

「ええっ!?」

さすがに目が覚めた私の前で胡桃はオロオロとしている。

「凜さんと出かけたんだよね？　なにがあったの？」

「わからないの。私がトイレに行っている間にいなくなっちゃって、それっきり行方不明なの」

大変だ、と立ちあがると同時にめまいのようなものが生まれ、ストンともとのベッドに腰をおろしていた。

時計を見ると、いつの間にか午後五時を指している。そんなに長く寝てしまったんだ……。

「メールとかラインは?」

「したよ。したけど返事がないの。どうしよう、お姉ちゃんどこに行っちゃったんだろう」

パニック状態の胡桃をなんとか落ち着かせて保健室を出た。校内アナウンスでは、大雨洪水警報が発令されたため、部活動は中止という案内がされている。

「わ、私……もう一回探してみる」

駆け出そうとする胡桃の手をつかんで止めた。

「待って。それよりちゃんと考えようよ」

「だって、こうしている間にもお姉ちゃんが……!」

「校内は私が探すから。胡桃はバス停で待機して。凜さんがどこにいようと、あのバスにさえ乗らなければいいんだから」

焦る気持ちを抑えて説明をすると、胡桃はやっとうなずいてくれた。が、すぐにブンブンと首を横にふる。

「ひとりじゃ不安だよ。前も止められなかったし……」

「胡桃」

「運命を変えるのって難しいんだよね？　また同じことが起きたら私……」

「胡桃っ！」

小さな肩を両手でガシッとつかんだ。短く息を吸った胡桃のメガネ越しの瞳が見開いた。

「私も協力するし、翔琉だってそう。ひとりじゃ難しくても、こんなにたくさんの味方がいるんだよ」

「……うん。そうだよね。きっと止められる」

自分に言い聞かせるようにつぶやく胡桃。その背中を押して保健室を出た。

「私もバスの時間までには戻るから。あ、カサは忘れないで」

昇降口とは反対方向に走りだした。ふり向くと、胡桃も駆けていく。

警報が出たこともあり、廊下にはもう生徒の姿はほとんどない。走りながら窓の外を見ると、灰色の空から降る雨は強さを増している。

校舎のなかを一周しても凜さんはもとより、翔琉の姿も見つけられない。

胡桃にはああ言ったけれど、不安なのは私も同じだ。

凜さんはどこへ行ったのだろう？　翔琉はどこにいるの？

足を止め、はあはあと息を吐いていると、言いようのない不安が首をもたげてくる。

運命を変えることが難しいのなら、凜さんは無意識にあのバスへ乗ろうとするだろう。阻止しようとする私たちの上を行く予想外な行動を取る可能性がある。

ひょっとしたらもう学校にいないのかもしれない。バス停にもいないのなら、どうやってあのバスに乗ろうとするのだろう。

再び駆け出すと、うしろから「おい」と怒鳴る声がした。ふり向くと、内藤先生が不機嫌な顔で近づいてきた。

「廊下は走るな。今日みたいな雨の日はマジで滑ってケガでもしたら――」

「凜さんを見かけませんでした?」

途中でさえぎると、内藤先生は苦虫をかみつぶしたような顔になった。

「いつの話をしてんだ。もうとっくに帰ったって。それより人の話を聞け」

こんなところで怒られている時間はないのに。あのバスの時刻まであと四十分しかない。

でも、これだけ探してもいないということは、内藤先生の言う通り先に帰ったということも……。それはないな、とすぐに頭を切り替える。

「先生に聞きたいことがあるんです」

「は?　そんなことは今度でいい。今は早く帰れ」

追い払うように手のひらをふってくる。この光景は昼間にも見た。

「凜さん、本当は昼過ぎに来る約束だったんですよね？　なぜ早く来たんですか？」

「知るか。あいつは昔からそういうヤツだったし」

「たしか『いろいろある』って言ってましたよね？　凜さんは今日、内藤先生に話があってここに来たんですね」

「なっ……！　し、知らん。俺はそんな相談とかはされていない」

「相談とは言っていません」

「そ、そうか。いや、大学や恋愛のことか相談されても俺にはわからないからな。それに、どんな相談をされても個人情報だから言うつもりもない」

あからさまに動揺する姿を見て確信した。凜さんはなにかに悩んでここに来たってことだ……。

これはいったいどういうことなのだろう。

思考の途中で、翔琉が駆けてくるのが見えた。

「あ、翔琉！」

「紗菜」

「だから、走るなって言ってるだろ！」

内藤先生の怒鳴り声に、翔琉が足に急ブレーキをかけた。

「どこに行ってたの？　探したんだよ」

「俺も探してたんだよ。胡桃から聞いたけど、凜さんいなくなったって?」

はあはあ、と息を吐く翔琉にうなずく。

「急にいなくなったんだって」

「やっぱり運命の通りに行動しようとしてるってことか。胡桃がバス停にいるけど、ひとりで止めるのは難しいかもしれない。俺たちも合流するか」

三人で力ずくで止めたなら、さすがの運命もあきらめてくれるかもしれない。

「お前らさっきからなんの話をしてんだ? 松本の姉ちゃんがいなくなったのか?」

「そうなんです。さっきまで胡桃と一緒にいたのに、急に消えちゃったんです」

胡桃がトイレにいる間にいなくなったのは、凜さんの意志だろうか。それとも誰かに連れ去られたとか……?

「そういえば」と、内藤先生がつぶやいた。

「言われて思い出した。二十分くらい前かな。松本……姉のほうを見かけたぞ」

「え、どこでですか!?」

食い気味に尋ねる私に、内藤先生は窓の外を指さした。

「校門から出ていった。あ、こんな時間までいたのか、って驚いたんだった」

だとしたら胡桃に会っているはず。だけど、スマホを開いても胡桃からのメッセージは届いていない。

「どういうことだろう……」

情報がありすぎて整理ができない。見ると、翔琉は右手の拳を口に当て、なにか考えるように目を閉じている。

拍手のような音に窓の外を見ると、窓ガラスに激しく雨が打ちつけられている。

「紗菜。先に胡桃と合流してて」

「え、でも……」

戸惑う私に、翔琉がニカッと笑ったから驚いてしまう。

「大丈夫。俺がなんとかするから。胡桃たちの荷物を持ってとにかく走って」

「わかった」

走りだす私のうしろで内藤先生がまた怒鳴っていたけれど、もう雨の音のほうが大きく感じられた。

保健室へ戻ると、自分と胡桃の通学バッグを肩にかけた。

バス停に向かわなくちゃ、と保健室の入り口に向かう途中、なにかが視界に映った。見ると、ベッドの下に見慣れないバッグがある。

「あ、凜さんの……」

胡桃が抱きついたときに滑っていったバッグだ。中身がベッドの下に散乱している。

凜さんはバッグを忘れて帰ろうとしているってこと？

それはいくらなんでも不自然だ。だけど、今は翔琉の言う通りに行動しよう。

昔からそうだった。親とケンカしても、体操服を忘れても、ふたりで迷子になったときも、翔琉が『大丈夫』と言うとどんなことでも大丈夫になったから。

散らばった中身をバッグに戻す。化粧ポーチ、手帳、ハンカチと順番にバッグに入れていく。最後に落ちていたのは、黄色い封筒だった。表に【胡桃へ】と書かれてある。今日会えなかったときのために用意したのかもしれない。

そこまで考えて気づいた。凜さんが内藤先生に相談したのは、胡桃との関係についてなんじゃないだろうか。長年仲たがいしていることを相談したのかもしれない。

この手紙はもう必要ないということだろう。表に書かれている【胡桃へ】の文字は、凜さんの明るい性格からは想像できないほど小さかった。

保健室を出て、靴を履き替えてから外に出た。雨が行く手を阻むように激しく降っている。

胡桃に借りたカサを差してバス停に向かう。

時間は、事故に遭うバスが来る十五分前に迫っている。バス停には胡桃と、亜加梨のお父さんだけが立っていた。やっぱり凜さんはいない。

胡桃は私を見つけると、雨が跳ねるのも構わずに駆けてきた。

「見つかったの？」

「は？」

いぶかしげな声にふり向くと、亜加梨が立っていた。

「なんだ。あたしに言ったのかと思った。声がでけーよ」

まだ距離を感じられる言葉に、胡桃が臆するようにうつむく。亜加梨はバス停を見ると、「ヤバっ」とつぶやいて校門のほうへ戻っていった。おじさんがいるのを見て逃げたのだろう。

「ごめん。見つからなかった」

オロオロしている胡桃に近づく。

「どうしよう。お姉ちゃん、ここにも来ないの……」

「あの事故のときは、もう並んでいた時間だよね。きっとバスに乗らずに済むんだよ」

そう言いながらも不安は増していく。なにかがおかしい気がした。

そのときだった。一台の車が雨を割るように姿を見せたかと思うと、バス停の前で停車した。

白いセダン車で、ひと目でそうとう年季が入っているのがわかる。うしろの席の窓が開くと、なぜか翔琉が顔を出した。

「ふたりとも早く乗って」

「え……？」

運転席を見ると、かなり不機嫌そうな内藤先生がハンドルを手にかけている。

「翔琉くん！　お姉ちゃんを見つけてくれたの!?」

窓にすがりつくように胡桃が叫んだ。同時に遠くで雷が空に白光を点滅させた。

「お姉さんはここには来ない。今から迎えに行くから急いで」

遅れて花火のような音が空にとどろいた。

カサをたたんだ胡桃が助手席に乗りこんだ。翔琉が右側のシートに移動してくれたので、私はその隣に体を滑りこませた。

「亜加梨のお父さんも乗ってもらったほうがいいよね」

それなら運命の回避が一度で済むかもしれない。が、翔琉はすぐに「いや」と短く言った。

「今は胡桃の件にのみ集中しよう。急がないと間に合わない。先生、お願いします！」

「なんで俺が車を出さないといけないんだよ」

文句を言いつつも内藤先生が車を走らせた。ちょっとした段差でも大きくバウンドするので、体を支えていないと浮きあがってしまう。

すぐに雨はあがる。もうすぐバス停にあのバスが到着してしまう。

「どこに行くの？　凜さんはもう学校から出たってこと？」

「運命はなんとかしてあのバスに乗せようと躍起になっている。彼女も理由はよくわからないままに、バスに乗らなくちゃという意思を持って行動しているだろう」

首を伸ばし、前方を確認する翔琉。胡桃は祈るように手を握りしめている。

「俺の予想が正しければすぐに見つかる。先生、あと少しです」

「わけがわからんが任せとけ！　でもそこまでしか送らないからな」

雨あがりの空気が靄っているせいで少し先も見えにくい。薄暗い空は、もう夜の黒色に支配されつつある。しばらく進むと前方にバス停が見えてきた。

「お姉ちゃん！」

胡桃が叫んだ。大雨のなか、赤いカサを手にした女性が立っている。服装からして凛さんに間違いない。

車が止まると同時に胡桃が飛び出していく。遅れて私もドアを開けて外に出た。ぬかるんでいる道は、あと少しで地滑りを引き起こすだろう。

翔琉も車から降り、内藤先生にお礼を言っている。車はUターンをして学校へと戻っていった。

車から降りたのが私たちだと気づき、凛さんは目を丸くしている。

「お姉ちゃん……よかった。無事だったんだね。なんで急にいなくなっちゃったのよ」

涙声で尋ねる胡桃に対し、凛さんは意味がわからないように「えっと……」と首をかしげている。

「あれ……なんでここにいるんだろう？」

「私がトイレに行ってる間にいなくなったんだよ」

「胡桃がトイレに……。ああ、そうだったね」

凜さんはどこか上の空で聞いているように見える。

「どうして隣のバス停まで歩いてきたの？　電話だって何度もかけたんだよ」

「電話……」

つぶやいた凜さんが突然ハッと我に返った。

「電話といえば、私のバッグ知らない？　財布しか持ってないのよね」

「これ、保健室に落ちていました」

バッグを受け取ったまましばらくフリーズしたあと、凜さんはゆるゆると首を横にふった。

「そっか……そうだったね。保健室で胡桃に会って、ふたりで校舎のなかを見て回ってたんだよね。なんだか夢を見ていた気分。理由はわからないけれど、ここに来ないといけないって思ってしまったの。どうしよう、私……夢遊病とかなのかな？」

泣きそうな顔の凜さんに、

「違うよ」

胡桃はもう泣いていた。

「時間旅行をすれば一度だけ運命を変えられるけれど、それはすごく難しいんだって。そうだよね？」

ふり向いた胡桃に、翔琉が渋々といった感じでうなずく。

「無意識にもともとの運命に戻ろうとするからな。ていうか、時間旅行の話を簡単にするなよ」

再び降りだした雨は、さっきよりも勢いが強い。翔琉が差すカサに入れてもらった。

「まさか隣のバス停にいるとは思わなかった。翔琉、よくわかったね」

翔琉を見あげると、あごのラインが見え、その向こうではカサを叩く雨が踊り狂っている。

「高校のバス停だと胡桃や俺たちに邪魔されるから、無意識に誰も来ないバス停を選んでたんだろうな。あ、来た」

翔琉の向くほうを見ると、遠くからバスのライトが近づいてくる。

「お姉ちゃん、あのバスには絶対に乗らないで」

「うん。でも……乗らなくちゃいけない気がする」

短い悲鳴をあげた胡桃が、「ダメ！」と凜さんの腕を引き、強引に学校に向かって歩かせようとした。

「絶対に乗せないから。とにかく学校まで戻ろう」

「ちょっと待ってよ。せっかくバスが来たんだから乗りたい」

「ダメ」

「なんでダメなの？　理由がわからない」

言い合っているうちにどんどんバスが近づいてきている。急に凜さんが胡桃の腕をふり払うように引きはがした。

「落ち着きなさい。お姉ちゃん帰らなくちゃいけないのよ。だから——」

「お姉ちゃん！」

聞いたことのないくらい大きな声で胡桃は叫んだ。

「なによ。びっくりさせないでよ」

胡桃は言うべきか言うまいか悩むようにギュッと口を閉じていたけれど、やがて決意したように顔をあげた。

「私、お姉ちゃんが大学で遠くへ引っ越すことになったとき、なにも言えなかったよね？」

「…………」

「本当は『行かないで』って言いたかった。『私を置いて行かないで』って。でもそんなことを言われても困るだろうし、勝手に決めたお姉ちゃんが許せなかったのもあったと思う」

胡桃は今、自分の後悔を告白しているんだ。雨の音にも夜の暗さにも負けない声に、凜さんは驚いた顔で固まっている。

「もう後悔はしたくない。だから選んでほしい」

「……選ぶ？」

「あのバスに乗らないという選択。もうひとつはあのバスに私も一緒に乗るっていう選択」

その発言には私のほうが驚いてしまう。一歩前に出ようとする私の腕を翔琉がつかんだ。

「まあ、見てなよ」

「え……でも」

胡桃がバスに乗ってしまったらそれこそ本末転倒だ。降りしきる雨が胡桃と一緒に泣いているように思えた。

フッと、凜さんが体の力を抜くのがわかった。

「胡桃がバスに乗るのだけはダメ。私ひとりじゃないと……って、あれ？　なんで私ひとりじゃないといけないんだろう」

そう言ったあと、凜さんはあきらめたように胡桃の頭に手を置いた。

「よくわからないけど選択する。バスには乗らないよ」

「お姉ちゃん……」

歩きだす私たちのそばを減速したバスが通り過ぎていく。うしろの座席に亜加梨のお父さんが座っているのが見えた。おじさんも助けてあげたいけれど、この時間軸でやるべきことは凜さんを助けることだ。

「ねえ、翔琉。運命を変えることに成功したんだよね？」

「そうだな。今回の時間旅行は成功ってとこだな」

微妙に質問と答えが違う気もするが、とりあえずはホッとしている。

前を歩くふたりはさっきから楽しそうに話をしている。

「え、明日もこっちにいるの？　バイトはいいの？」

「たまには妹孝行しなきゃね」

「じゃあ私も明日から休むよ。テストも終わったからいいよね」

「えー。それお母さんが知ったら激怒しそうじゃない？」

仲たがいした過去はこの雨で洗い流され、明日になれば晴れるだろう。

学校前のバス停まで戻るころには、人が集まっていた。遠くで救急車のサイレンが聞こえはじめている。

バス停から少し離れた場所に立つ亜加梨が、雨の向こうをじっと見つめている。これから起きる悲劇を、亜加梨はひとりで受け止めなくてはならない。

「おい、お前ら！」

内藤先生が転がるように駆けてきた。

カサもささずに必死で走る内藤先生に、

「バス来ないんですけど、俺ら忘れられてる？」

生徒のひとりがおどけ、周りの男子が笑う。前にも見た光景だ。

内藤先生は周りを確認するように見渡してから口を開き、すぐにキュッと閉じてまた開く。

このあと口にする言葉は今でも頭に残っている。胡桃も同じなのだろう、苦しげな表情を浮かべていた。

しばらく息を整えたあと、内藤先生は言った。

「裏山でバスが事故に遭ったらしくて……さっき生徒は乗ってなかったよな？」

カラカラの声で確認してきた内藤先生に、小さくうなずいた。

「そっか……」

安堵の息を漏らす内藤先生の向こうで、亜加梨が駆け出すのを見た。

「どうしよう……」

泣きそうな声の胡桃を校門のほうへ連れていった。

「これからもう一度時間旅行をして亜加梨のお父さんを助けに行くから」

「私も行くよ。だって他人事じゃないもん」

たしかに事情を知っている胡桃がいれば安心だろう。

が、翔琉は無情にも首を横にふる。

「向こうの時間軸ではすでに亜加梨が成功している可能性がある」

「じゃあ、一緒によろこんであげたい」

胡桃の意見に私も賛成だ。今回の事件で三人の距離は近づいている。向こうの時間軸での私たちはまだ仲良くなっていないはずだから、亜加梨にとっても話がしやすいだろう。

「ダメだ。万が一、成功していない場合、胡桃のお姉さんがまた運命にあやつられる可能性がある」

「凜さんがまたあのバスに乗ろうとするってこと?」

私の質問に翔琉は「ああ」とうなずいた。

「ふたりの対象者を同時に救うのはリスクがありすぎる。月末に時間が統合されるときにまた会おう」

あれ……? 翔琉の説明がなにかおかしい気がした。それがなにかを考える前に胡桃が一歩下がった。

「わかった。じゃあ、ふたりにお願いするね」

「そうしてくれ。胡桃はそれまでの時間、お姉さんと楽しめばいい」

「うん。紗菜、亜加梨のことよろしくね」

頭を下げると胡桃は凜さんのもとへ戻っていく。

人を避け、校舎のなかに向かっているとほかの教師たちが何人か飛び出してきた。

昇降口にもスマホで電話をかけている生徒が数人いて、情報が錯そうしているらしく泣いている子もいた。

ふたりで教室に戻ると、すでにカギが閉められていた。

「今日は帰る？　疲れただろ？」

廊下にもたれた格好で翔琉が尋ねたので、首を横にふる。

「昼寝しちゃったから大丈夫。翔琉は疲れてない？」

「俺は平気。一回死んだと思えばなんでもできるし」

「あ……」

そのときになって、さっき頭に浮かんだ疑問について思い出した。

「翔琉と凜さんの運命はもう変更できてるんだよね？　だとしたら、今からの時間旅行に胡桃がついていっても問題なかったんじゃないの？」

もし次の時間旅行で胡桃が凜さんを助けられなくても、運命を変えられるのは一度だけだから時間が統合されれば生き返るはず。

「問題はない」

「じゃあ……」

「俺が紗菜とふたりで行きたかったんだよ」

うわ……。予想外の言葉に自分の顔が一瞬で赤くなるのを感じる。

「そ、そう」

「ああ」

また雨の音が大きく聞こえるのは、奇妙な沈黙のせい。窓の外に見える桜の木が雨に打たれて泣いているように見えた。

「だったら、なんでさくらまつりは行かないわけ？　せっかく行く気になったんだから一緒に行こうよ」

「考えておくよ。さあ、最後の時間旅行をするか」

あんなに行きたがっていたのが嘘みたい。運命を変えることで変わってしまうこともあるのかな……。ぜんぶ落ち着いたら改めて誘ってみることにしよう。

「亜加梨が成功しているといいね」

翔琉がペンダントを手のひらに置いたので、チェーンの部分をしっかりと握った。

「目を閉じて」

言われるがままに瞳を閉じる。
こんな不思議な体験、次に目が覚めたらぜんぶ夢だったなんてことないよね……。
巻き起こる風のなか、雨の音はもう聞こえなくなっていた。

第五章　いつか見た、明日

目を開けると同時に足元にグッと力を入れて踏んばった。坂道で滑りそうになりながら、体勢を整えてから持ってきたカサを差す。

何度目かの時間旅行だから少し慣れてきたようだ。

足元では滝のように泥水が流れている。

「大丈夫か？」

見ると、翔琉の横顔がすぐそばにあった。

「うん」

「カサ差しているところ悪いけど、すでにびしょ濡れなんだけど」

「気持ちの問題だよ。それに亜加梨はカサを持ってないだろうし」

坂道の先にひしゃげたバスが横たわっていて、向こう側では救急車や消防車の赤いライトが雨を浮きあがらせている。

不思議だ。何度も同じ光景を見ているせいで感覚がマヒしているみたい。あんなに強い衝撃も悲しみも、どこか遠くの国で起きていることのように感じられる。

違うな、と鼻で息をつく。私たちは自分の身に起きたことしかリアルに感じられない。誰かの気持ちを理解したくても、結局その人じゃないから最後までわかり合えることなんてないのかもしれない。

だけど……と、地面におでこをつけて泣く亜加梨を見る。お父さんを助けることができなかったのだろう。

友だちが苦しんでいるなら助けたいし、ともに泣きたい。同情とかあわれみとかじゃなく、少しでも傷を癒(いや)したいと思うから。

「お姉ちゃん！」

胡桃が担架にすがって泣いている。亜加梨の時間軸では、凜さんは助からないままなのだろう。同じ光景を何度見ても胸が痛くてたまらない。

私に気づいた亜加梨がゆっくり立ちあがった。隣に立つ翔琉を見て、一瞬驚いた顔になったけれどすぐに真顔に戻る。

「ふたりは紗菜の時間軸から来たの？」

「え……亜加梨、よくわかったね」

「さっきまで紗菜も担架にすがりついて泣いてたから」

深いため息をつきながら、亜加梨は翔琉に一歩近づいた。

「翔琉、助かったんだね」

「おかげさまで。って、亜加梨とちゃんと話すのは初めてだな」

「だね……」

お父さんを追うように、亜加梨の目線は救急車のほうへ向かう。

「そう。あの……おじさんは？」

口を開くと亜加梨は長い髪をかきあげた。

「あたしはダメだった。何年かぶりに直接会えたっていうのにさ、靴を履き替えてる間にあいつ、バスに乗ってやがんの。【急な仕事が入った。すぐに終わるから駅前にいて。ご飯でも食べよう】なんてメッセージ送ってきて……。バカじゃないの」

自分を責めているのだろう、亜加梨は悔しげに唇を曲げた。

「私たちも時間旅行をしてわかったんだけど、最初の運命通りに行動してしまうみたいなの。凜さんももう少しでバスに乗るところだったんだよ」

「胡桃の姉貴は助かったんだ。よかったね」

本心から言っていることがわかる。亜加梨はクールに見えるけれど、人の幸せをよろこべる性格なんだ。だからこそ、亜加梨のことを助けたいと思った。

「一度どこかで集まろうよ。作戦会議をしてからもう一度時間旅行をしよう。今度は私も翔琉もついていくから」

「え……もう一度できるの？」

亜加梨の瞳が輝きを取り戻すのを見た。

「運命を変えるまで何度でもやり直せるよ。ね？」

「体力のある限りは」

まだ亜加梨に慣れていないのだろう、翔琉はそっけなく答えてから腕を組んだ。

「とりあえず胡桃のときと同じく、コインランドリーで制服を乾かそう。バーガーショップで待ちながら作戦会議といくか」

　そう言って歩きだそうとする翔琉を、

「待って」

　と亜加梨が止めた。

「それなら髪もセットしなおしたい。雨のせいでボサボサなんだもん。だからさ……うちに来ない？」

「亜加梨の家に？」

　きょとんとしてると、そこに見覚えのある白いセダンが猛スピードでやってきた。内藤先生の車だ。遅れてほかの先生たちのものと思われる車が何台も続いている。

　慌てて車から降りると内藤先生は私たちを見て目を丸くした。

「大丈夫か？　泉、すごい勢いで駆けていったけどまさか……う、うちの生徒が？」

　想像したくないのだろう、ブルブルと内藤先生は小刻みに震えている。胡桃は担架を追って救急車のほうへ行ったらしく姿が見えない。

　今がチャンスかもしれない。

「大丈夫です。うちの生徒は乗っていません」

　代表して答える私に、内藤先生は胸をなでおろす仕草をした。嘘はついていない。

生徒の家族が乗っていたのだから。

「そっか。ほかに誰か——」

「送ってください」

「……ん?」

眉をひそめる内藤先生の返事を待たずにうしろの席のドアを開けた。

「知り合いが事故に巻きこまれた可能性があるんです。確認したいのでその人の家まで送ってください」

「知り合いって、やっぱりうちの生徒か!?」

「生徒ではありません」

ぽかんと口を開く内藤先生が、口をへの字に結んだ。

「悪いが事故の詳細がわかるまでここを動けない」

てこでも動かないと、内藤先生は足を踏んばっている。前回の時間旅行のときもバスが再開するまではずいぶん待たされてしまった。時間短縮のためにはいいと思ったんだけどな……。

「ナイト」

あだ名で内藤先生に声をかける亜加梨。

「あたし、今日は久しぶりに学校に来たよね?」

「あ、ああ。学校に来てくれて、先生どれだけうれしかったか」

遅れて到着した先生たちがわらわらと救急車のほうへ近づいていく。内藤先生はそっちをチラチラと気にしている様子だ。

「進路相談のこと、よく電話くれてたよね？　全然電話に出なくてごめんね」

「そうだぞ。進路希望の提出期限なんてとっくに締め切られてるし、先生もうどうしていいのか――」

「ちゃんと話す」

「え？」

「あたしにも一応夢があるんだ。送ってくれるなら途中でちゃんと話すよ。進路希望の用紙も持ってきてるし」

勝負あったという感じ。

内藤先生は近くにいた先生に声をかけると、「送ったら戻ります」と言い、車に乗りこんだ。今回は翔琉が助手席で、私と亜加梨はうしろの席。

きっとあとで内藤先生は怒られてしまうだろうな。時間軸が統合されるまでの辛抱だからごめんね、と心のなかで謝った。

亜加梨は内藤先生に住所を言い、家までの経路を説明したあと背もたれにもたれた。まだおじさんを止められなかったショックを引きずっているのだろう、顔色が真っ青だ。

バックミラー越しに内藤先生と目が合った。

「こういう言い方はどうかと思うんだけど、お前らって仲がよかったっけ？」

この事件が起きるまで教室で話したことはほとんどなかったから、そう思われるのも不思議ではない。

「これから仲良くなっていくんです」

そう言うと、亜加梨が「はは」と声にして笑った。

「ウケる。今日がはじまりだったもんね。すでになつい」

不思議そうに首をかしげたあと、内藤先生は姿勢を正した。

「で、泉の進路は結局どうする？　もともとは大学進学を希望してたろ？」

「ああ、だね」

「お母さんの話では――」

「あの人は関係ない！」

鋭い声で亜加梨は言い放った。自分でもきついと思ったのか、「まあ」と軽い口調になる。

「大学に行かせたがっていることは知ってるけど、そもそも卒業すら危うい状況だしね」

亜加梨の親は離婚していると聞いている。うちも同じだから気持ちはわかるけど、一緒に住んでいるお母さんともうまくいってなかったのかな……。

チラッと見ると、亜加梨は窓の外に顔を向けてしまっていた。

「たしかになあ」と内藤先生がうなずいた。

「一応三年には進級できたけれど、このままじゃ出席日数で引っかかる可能性があるのは事実だし」

「わかってるよ。成功したらちゃんと学校に行くから」

ふてくされた顔の亜加梨に、バックミラー越しに内藤先生が目くばせをしてくる。

『成功したら』の意味を説明してほしいのだろうが、今は余計なことは言うまい。

フロントガラスに打ちつける雨が弱まってきた。前回バスに乗ったときと同じく、裏山の逆側から駅へ向かっているのでかなり遠回りをしている。

さっき聞いた住所によれば、亜加梨の家は駅から近い場所にあるようだ。

「ナイト」

亜加梨がぽつりと言った。

「うちって両親が離婚してんだよね」

「……だな」

両手でハンドルをしっかり持ちながら内藤先生が短く答えた。

「ケンカばっかりしてたからいいんだけど、離婚して以来、あの人の暴走を止める人がいなくなってさ。ああ、あの人ってのは母親のこと。マジでうるさいんだよ」

よほど嫌っているのだろう、亜加梨は宙をにらみつけている。

「大学に行かせるのが夢らしくてさ、口を開けば『勉強勉強』って、バカみたい。さすがにこれだけサボっているせいであきらめたみたいだけどね」

そのときだった。助手席の翔琉がくるんとふり返り、顔を亜加梨に向けた。その目を見て悪い予感がした。

翔琉は昔から、疑問に思ったことはその場で質問をしていた。それが相手に不快感を与えることだとしてもだ。同じ目をしている、と瞬時にわかった。

「親のことをどうしてバカなんて言うの？」

ああ、やっぱり……。

「……は？」

ギロッと翔琉に目を向ける亜加梨。これから時間旅行を一緒にするのだから、余計なことを言うのはやめてほしいのに……。

「だってさ、大学に行きたくないならサボったりせずにそう言えばいいのに」

「あの、翔琉……」

止めようとするが私のほうなんて見もしない。

「紗菜なんてさ、両親が共通の敵を作るためにターゲットにされてクソミソに言われて大変だったんだぞ。それでもへこたれず、離婚した今では双方と仲良くやってんだよ」

「翔琉、もういいから……」

「おばさんなんて前が嘘みたいに溺愛しててさ」

今にも怒鳴りだしてしまいそうなほど怒りに満ちた亜加梨の顔。内藤先生はおびえたように体を小さくしてハンドルを強く握っている。

「でもさ」と、翔琉が声のトーンをやわらげた。

「一度相手に投げた言葉は戻らないんだよなあ。紗菜だって昔されたことを忘れたわけじゃない。なのに親とうまくやっててえらいよ」

勝手に納得したようにうなずく翔琉。話の展開が読めず、思わず亜加梨と目を見合わせてしまう。

「つまりなにが言いたいかっていうと、俺たちって無力だよな、ってこと」

ニッと笑った翔琉に、車内はシンと静まり返った。

苦い空気が満ちている車内で、

「……ふ」

笑い声を漏らしたのは亜加梨だった。見るとさっきまでの怒りは顔から消えていた。

「あんた変わってるね。意味不明なことばっか言ってる」

「そう？　俺はいつも真面目なんだけど」

「はは。ヤバすぎるし」

亜加梨が怒ってしまわなくてよかった。これ以上余計なことを言わないように、翔琉に視線で合図を送るけれどちっともこっちを見てくれない。

「でもここには俺もナイトも紗菜もいるからさ。てことで、進路調査票を拝見しましょう」

差し出された手のひらをじっと眺めたあと、亜加梨はため息と一緒に通学バッグを膝の上に載せた。折りたたんだ用紙を、せめてもの抵抗というように私に渡してきた。

「え……。あ、じゃあ見るね」

進路調査票の用紙には、希望する進路を第三希望まで記載できるようになっている。第一希望のところに〝愛玩動物看護師〟とだけ書かれていて、残りは空白のまま。

「愛玩？　え、動物の看護師さんになりたいの？」

「そうだよ」

恥ずかしそうに窓の外に顔を向ける亜加梨。ガラス越しにぼんやりと顔が映っている。

翔琉が私の手から用紙を奪うと「ほう」とおじいちゃんみたいな声を出した。

「愛玩動物看護師ってのは最近国家資格になったんだよな。獣医師の診察や治療の補助を担う看護師のことだよ」

チラッと亜加梨が翔琉を見て、すぐに顔を背けた。

「……翔琉は、知ってんの？」

「知ってるもなにも、桐島が愛玩動物看護師を目指してるからな」

「え!?」

今度こそ翔琉に顔を向けた亜加梨は目を見開いている。翔琉は思い出すように低い天井に目をやった。

「もともとは大学でこの資格の勉強をするつもりだったみたいなんだけど、こないだ『やっぱり専門学校にするわ』って言ってた」

「ちょっと待て。俺んところにはなんにも報告が来てないけど」

不服そうにうなる内藤先生を無視して、翔琉が「な？」と亜加梨に笑いかける。

「こうやって夢を口にすれば、同じ道を目指す人や応援してくれる人も見つかるんだよ」

「私も応援したい」

そう言うと、亜加梨は軽くうなずいた。けれど、まだ浮かない表情のままだ。

「母親が反対してんだよね。『やるなら動物専門じゃなく普通の看護師になれ』とか言ってさ。普通ってなんなの？　マジでムカつくんだよね。あ、そこ右」

　車は駅裏の住宅地に入っている。雨は小降りになったけれど、さっきから雷が空にとどろいている。

「まあ」と内藤先生がうなった。

「先生からもお母さんに話をしてみるよ。ただ、泉も夢があるなら、ちゃんと学校には来い。やることをやった上で主張しないと誰も耳を傾けてくれないぞ」

「……わかってるよ」

　唇をとがらせている亜加梨が急に幼く見えた。

　亜加梨の気持ちはすごくわかる。私も昔は言いたいことを言えずに親に反抗していたこともある。見えないところでいっぱい傷ついたし、トラウマになっていることもひとつやふたつじゃないだろう。

　翔琉の言う〝好き〟を信用できないのは、きっと過去に原因がある。お母さんはお父さんの文句を、お父さんはお母さんに対する愚痴を言い続け、ときには私を攻撃することで一致団結していた。

　表層的に取り繕う自分が哀れでかわいそうで、本当の私を見ないフリをしているうちに、どれが正しい感情なのかもわからなくなった。そんな気がしている。

　でも……と、助手席の翔琉をそっと見る。

さっき翔琉が言ってくれた言葉がジンと胸に響いている。翔琉は私のことを誰よりもわかってくれているんだね。言葉にしなかった想いを理解してくれていたことがうれしくてたまらない。

「そこで停めて」

亜加梨の声にハッと我に返った。自分のことを考えている場合じゃない。今は亜加梨のことに集中しなくちゃ。

車が停まったのは、住宅街の奥にある大きな家だった。雨のなかでも白い壁が主張していて、私の家の二倍くらいの広さに思えた。

「みんなここで待ってて」

そう言い残すと、亜加梨は門を開けてなかに入っていく。

背もたれに体を預けた内藤先生と違い、翔琉はじっと玄関のあたりを観察している。

「先生。たぶん、あいつ母親を連れてきます」

「三者面談してる時間はないぞ。俺、すぐに戻らないといけないんだから。お前らもここからなら家は近いんだろ？　ほら、さっさと車を降り――」

「父親です」

はっきりとした口調で言った翔琉に、内藤先生は眉をひそめた。

「父親？」

「さっきの事故で亡くなったのは、亜加梨の父親です」

「翔琉！」

思わず声をあげるけれど、翔琉は聞こえていないフリでシートベルトを外した。

「亜加梨の母親を連れて病院へ行ってください。運ばれるのは第三総合病院です」

「な……お前、冗談でも言ってはいけないことが——」

背もたれから体を起こした内藤先生の向こうで、玄関のドアが勢いよく開いた。亜加梨の母親と思われる女性が真っ青な顔で飛び出してきた。

「紗菜、降りよう」

言われるがままドアを開けて車から降りた。

「なんてことなの、なんてこと！　ねえ、あの人が死んだって本当なの!?」

亜加梨のお母さんは運転席の内藤先生に向かって叫んだかと思うと、慌てて助手席に飛び乗った。

「先生、本当なんですか？　亜加梨がまた嘘をついてるんですよね!?」

「わかりません。が、病院へ急ぎましょう」

ドアを閉める前にふたりの会話が聞こえてきた。きっと亜加梨がそう伝えたのだろう。そのまま勢いよく車は発進してしまった。

「あいつ、うまいな」

感心したように翔琉はニヤリと笑うと、開いたままの門からなかに入っていく。玄関の前で亜加梨が立っていた。

「亜加梨、おばさんになんて言ったの？」

「そのままだよ。お父さんが事故に遭った。ナイトが迎えに来てるって。ほら、入んなよ」

玄関は広く、シューズクローゼットにはたくさんの靴が並んでいる。大理石の床にスリッパを出してくれる亜加梨は、見た目と違ってお嬢様なのかもしれない。

通されたリビングは会議ができるくらいに広く、ドラマとかで見たことのある長細い机が鎮座していた。亜加梨が自分の部屋に戻っている間、椅子に座って部屋を見渡す。

慌てて出ていったからだろう、ソファの前にあるローボードにティーカップが置き去りにされている。

隣の席についた翔琉が、部屋ではなく私の顔をまじまじと見つめた。

「どうする？　一旦帰るか？」

「え、ここまで来て？」

「疲れた顔をしてる。何度も時間旅行してるからな」

言われてみると、さすがに少し体が重い気がする。

「でも、明日になったら亜加梨の家は大変でしょう？　胡桃だって凜さんのことで悲しむ時間が増えちゃうし、かわいそうだよ」

そう言う私に翔琉がなぜかムッとした顔になった。

え、なにかヘンなことを言った？

「紗菜はそうやっていつも人のことばかり気にしている」

「そんなことないよ」

さっきだって、亜加梨に同調しながら自分のことばかり考えちゃったし。

腕を組んだ翔琉が「なあ」と腰を折って目線を合わせてきた。

「人にやさしいのはいいけど、もっと自分にもやさしくなってほしい」

「……自分に？」

「最初に救うのは自分でいてほしいんだよ」

言われている意味がわからずに戸惑っていると、翔琉は小さく笑った。

「覚えてる？　昔、ふたりで迷子になったことがあっただろ？」

「あ……うん」

あれはたしか小学四年生のときのことだ。記憶がなつかしい香りを呼び覚ました。

夏の夕暮れのにおい。知らない街角の排気ガスのにおい。どんどん暗くなる空の下でふたりで泣きそうになりながら歩いた思い出。

「俺が探検に誘ったせいで迷子になったのに、紗菜は『私が誘った』って両方の親に説明したんだろ？　そのせいですげえ怒られたって聞いた」

「違うよ。家にいたくない私のことを心配して連れ出してくれたから。私が誘ったようなものだし」

あの日、私は翔琉と一緒なら迷子のままでいいとさえ思った。翔琉も不安を押し殺して必死で元気づけてくれて……。

ひょっとしたら、翔琉のことを本気で好きになったのはあの日からかもしれない。

「俺さ、あの日からきっと紗菜のことが好きなんだよ」

「え……!?」

ちょうど同じことを考えていたせいで、すっとんきょうな声をあげてしまった。

「迷子になったときさ、自分だって怖かったはずなのに、紗菜は一生懸命励ましてくれたんだよ。さらに自分のせいだと嘘までついてくれた。いつか、俺が紗菜を助ける側になりたい、って思ったんだ」

顔を赤くしながらゆっくりと説明する翔琉に、胸の鼓動がどんどん速くなるのを感じる。

「で、五年生のときにケガをさせてしまったろ？　同じ日にばあちゃんも亡くなってしまった。それからは後悔しないように、好きな人たちに好きと伝えることにしたんだ」

そこまで言ってから、翔琉は急にブンブンと首を横にふった。

「ごめん。余計な話をしてる」

「ううん」

私も好き、と言いたい。けれど、再び私に目を合わせる翔琉の表情が、なぜか悲しそうに見えて言葉をつぐんだ。

「周りにやさしい紗菜が好きだった。だけど、それ以上に自分にもやさしくしてほしい。そう伝えたかったんだよ」

「……わかった」

なんだかこれでお別れみたいな言い方だ。自分でもそう思ったのか、翔琉は照れたように笑った。

そんなふうに思ってくれていたなんて、うれしくて泣いてしまいそう。

「お待たせ」

亜加梨がリビングに顔を見せた。手にしたバスタオルを私たちにひとつずつ貸してくれた。

「もうあの人からの着信が止まらないんだけど。普段はろくに話もしないのにさ」

きっと今ごろパニックになっているのだろう。たくさんの人があの事故で心を痛めている。だったら早く解決してあげたい。

亜加梨が玄関からカサを三本持ってきて、私たちに渡した。出発しよう、という意味なのだろう。

翔琉はカサをじっと見つめたあと、首につけたペンダントを外した。

「今から時間旅行するのは事故の直前じゃない。事故前日の夜に戻る」

「は？　なんでそんな前に戻るのよ」

文句を言う亜加梨にではなく、私に視線を固定させたまま翔琉は口を開いた。

「運命を変えるには気合いだけじゃどうしようもない。今日はゆっくり休んで、体力を回復してからにしよう」

やっぱり私が疲れていることを心配してくれているんだ。

「でも……」

反論しようとする私に、翔琉はグイと顔を近づけてきた。

「自分にやさしく、だろ？」

「あ、うん……」

うなずく私に目を細めてから、翔琉は亜加梨のほうに体を向けた。

「亜加梨だってちゃんと母親と話をしたほうがいい」

「うるさいなあ」

「運命はいきなり変えることはできない。母親に愛玩動物看護師になるために専門学校に行きたいことをきちんと伝えるんだよ」

「そんなのとっくに伝えてるし。反対されたからこんな感じになってるんじゃん」

イライラした口調で亜加梨は投げやりに椅子に座った。言われることがわかっていたように、翔琉はゆっくりとうなずいた。

「きっと今みたいに感情を露わにして言ったんだろ？　それでは伝えたことにならないよ」

思い当たる節があるのだろう、亜加梨はキュッと口をすぼめた。

「本当に伝えたいことは、大きな声や感情的な言葉では絶対に伝わらない。駆け引きやハッタリじゃなく、冷静にやさしく伝えるのがポイントだよ」

「……それでも反対されたら？」

「そこで父親の登場。反対されていることを伝え、学校に来るときに話を聞いてもらう約束をする。事前に約束をしておけば、事故を避けられるかもしれない」

納得したのだろう。亜加梨は「約束」と小さくつぶやいた。

「じゃあ、握って。風が収まるまで目を開けないでいて」

すぐにでも時間旅行に行くつもりだったのに、今になって急に体がだるさを覚えている。私よりも私の体のことを知っている翔琉がうれしくて、だけどちょっと悔しい。

ペンダントを握り目を閉じるとすぐに風を感じた。髪に頬に当たる風は、私たちを過去へと誘う。

そういえば、お母さんにもずいぶん会ってない気がする。私が何度も時間をさかのぼっていることを知ったら、お母さんは驚くだろうな……。

強い風を感じているうちに、どんどん意識が遠くなっていくのがわかった。

なにか言葉にしようとしても、もう口が動いてくれない。風がなくなるころには、プールのあとのような眠気だけが残っていた。

夢を見た。

私は裏山の高台に座り、崖のはしから足を投げ出して座っている。夢のなかだとわかったのは、目に映る景色がモノトーンに落ちていたから。

どこかで子どもの騒ぐ声が聞こえている。ああ、これは鬼ごっこをしているときの夢なんだ。くり返し何度も見たから、夢の入り口だけでわかってしまう。

「イヤだな……」

何度も自分がこの崖から落ちる夢を見てきた。改めて下を覗けば、今になれば学校の二階くらいの高さしかない。普通に落ちただけなら、骨折くらいで済むだろう。

けれど、生い茂る竹は刈り取られ、そのうちの一本がやけに鋭い。あの竹さえなければ……。

そこでやっと思い出した。ケガをなかったことにするために、翔琉が時間旅行をしてくれたんだ、と。

翔琉は私を助けてくれたけれど、その際にケガをしてしまった。運命は一度しか変えられないから、彼は自分のケガをなかったことにできなかった。

「助けられてばっかりだね」

でも、と空に目をやる。今回の時間旅行では翔琉を救うことができた。

私にだって誰かを助けることができるんだ、という自信に似た気持ちが生まれている。あとは亜加梨のお父さんを救うことができれば……。

ザザッと草をかきわける音が聞こえた。ふり向くと、そこに幼い翔琉が立っていた。

「なんだ。ここにいたんだ」

当たり前のように言うけれど、私はもう高校生なんだけど……。

自分の体を見おろせば、

「え、嘘」

やけに小さな手が見えた。体も同じように小さくて、穿いているデニムは昔お気に入りだった朱色のもの。

翔琉が隣に腰をおろした。久しぶりに見る少年の横顔は、今の翔琉とはやっぱり違って幼い。

「まさか、小学生のときまで時間旅行したの?」

もしこの時代に残されたらどうしよう。ここからぜんぶやり直すのは困るよ。

「ちょっと待って。なんで紗菜が時間旅行のことを知ってるの?」

思考は翔琉の戸惑う声に中断された。

「え、あの……」

「ばあちゃんとの秘密なのに、なんで知ってるの?」

まだ高い声の翔琉がいぶかしげに尋ねるので、「ああ」とか「うん」とか口にしてから思い出した。そうだ、これは夢の世界だ……。

改めて見ると翔琉以外のぜんぶが色のない世界だ。

夢のなかならなんでもできる気がした。そう、例えば自分の想いを言葉にすることもできるかもしれない。

「翔琉……」

「ん?」

「あの、ね……。いい、天気、だね」

やっぱりいざとなると、勇気が出ない。夢のなかですらうまく言えないのに、実際に告白なんてできるはずがない。

「最近はずっと晴れてるから気持ちいいよな」

空を指さす翔琉。指先が、髪が、キラキラ輝いている。もうこのころには翔琉に恋をしていたんだな……。

見おろせば、何本かの桜の木が見える。

今年は翔琉と一緒に桜を眺めながら歩こう。桜並木の果てで、自分の想いを言葉にしよう。

「四月になれば、さくらまつりがあるね。一緒に行くんだよね？」

軽い口調を意識して言うと、翔琉がすくっと立ちあがった。

「やめたんだ」

「やめた？」

「そう、やめた」

すっきりした笑顔で翔琉はくり返す。意味がわからずに戸惑う私に、翔琉は風を感じるように両手を広げ胸をふくらませた。

「まつりに一緒に行くのはやめた、ってこと」

「あ……そうなんだ？」

「ついでに、紗菜を好きでいることもやめた。もう二度と好きって言わないよ」

風が翔琉の髪を躍らせている。今、翔琉はなんて言ったのだろう。

突然の宣言に絶句する私に、翔琉はニッと笑った。

「だから紗菜も、もう俺のこと、気にしないでいいよ」

「待って。私、私は……」

どうしてそんなことを言うの？　ああ、これはやっぱり悪夢なんだ。

私がそっけなくしたせいで、翔琉は私を好きじゃなくなってしまった……。これまであった感情が目の前で溶けているのを見た気がした。

「待って、翔琉。違うの」

せめて自分の気持ちだけは言葉にしないと。夢のなかでももう嘘はつきたくないから。

けれど翔琉はスッと顔を背けて言う。

「さよなら」と。

ズキンと痛む胸に手を当てると同時に、翔琉が崖の先へと大きく足を前に出した。

「え、嘘！」

一瞬で翔琉の姿が目の前からかき消えた。

「翔琉！」

慌てて下を見ると、そこにさっきまでの竹はなく、ぽっかり口を開けたような黒い湖が広がっている。必死で手を伸ばすけれど、指先に水は触れず宙をかくだけ。

どうしよう、どうすればいいの!?

「翔琉！」

泣きながら名前を呼んでも、こだまが遠く響くだけ。

もう翔琉は、私のそばにいない。

「紗菜」

声にふり向くと、カサを差した翔琉がいた。さっきと違い高校の制服を着ている。

「え……なんで？」

私の問いに答えずに、翔琉は空をにらんだ。

——『警報を出すなら朝に出してくれればいいのにな』

「警報を出すなら朝に出してくれればいいのにな」

なぜだろう。翔琉の言うことが先にわかった。

——『さくらまつりの日は晴れてるといいな』

「さくらまつりの日は晴れてるといいな」

ニッと笑う翔琉。

私は……この光景を知っている。そうだ、前に夢のなかで見たのと同じだ。

内容は思い出せないけれど、このまま見続けてはいけないことはわかる。

思い出したくないほどリアルな悪夢は、最後に……。

そっと目を開けると、いつの間にか翔琉の姿はなかった。

「翔琉……?」

イヤな空気に染められるように、周りは暗闇に落ちていく。どんどん強くなる雨も、音しか聞こえない。

「怖い。怖いよ。ねえ、翔琉」

いくら呼んでも誰もいない。この時間のバスに乗るはずの凛さんも、亜加梨のお父さんの姿も見えない。

あ、そうだ……。誰もいなければ、バスに乗る人もいないことになる。ホッと胸をなでおろしていると急に目の前にオレンジ色の光が現れた。

いつの間に到着したのか、バスが停まっていた。うしろのドアが開いている。

気づくと私はバスに向かって歩きだしていた。

「え……なんで」

一歩一歩、オレンジ色の光に導かれるように歩いていく。乗りたくない、と足を踏ん張ろうとしても力が入らない。

「イヤ！　誰か助けて！」

バスに乗ると同時にドアが閉まった。

その向こうで、翔琉が笑顔で手をふっていた。

目を覚ますと同時に「ああ」と声が漏れていた。両手を顔に当てると、自分が泣いていることに気づく。

あ……夢を見たんだ。ティッシュで涙を拭きながら時計を確認すると午前一時を過ぎたところ。

イヤな夢を見たような気がする。でも、思い出してはいけない気がする。

頭をふって残像を頭から追い出した。

幼い翔琉、雨のカーテン、隣に立つ翔琉。忘れたいと思えば思うほど、写真のように夢のシーンがはっきりと頭に浮かびあがってくる。

「翔琉は……生きてるんだよね？」

夢と現実の境界線があいまいだ。

亜加梨の時間旅行の前に、事故の前日の夜に戻してもらった。そうだよね?

スマホを開くと、亜加梨からラインが届いていた。

【明日はよろしく】

ああ、よかった。ホッと息をつくと、もう夢の映像は遠くへ去っていた。

泣いたせいでやけに喉が渇いている。部屋を出て階段をおりているとリビングに明かりがついていた。

ドアを開けると、ソファにお母さんが座っていた。テレビをつけるでも本を読むでもなく、ただ座っていただけ、という感じ。私に気づくと、「あら」と目を丸くした。

「こんな時間に起きてくるなんて珍しい」

「帰ってすぐに寝ちゃったみたいで、今起きたところ。お母さんは遅番だっけ？」

「遅番だったんだけど、夜勤者が急にひとり休んじゃってね。応援が来るまで残業してたのよ」

メイクだけは落としたのだろう。いつものジャージ姿のお母さんはたしかに疲れて見えた。冷蔵庫を開けオレンジジュースを取り出すと、お母さんが自分のもとリクエストしたのでグラスをふたつ持っていき、隣に腰をおろす。

寝起きのオレンジジュースはやけに酸っぱく感じられる。

お母さんはジュースをひと口飲んでから、けだるそうにソファにもたれた。

「来週ってお父さんに会う日よね」

「ああ、だね」

もうあれから一カ月が経つのか。お父さんとの面会日、たしか次はイタリアンを食べに行く約束をしている。

「シフトの変更があって今回は行けそうにないから、ふたりで行ってきてくれる？お父さんに連絡したら、『紗菜とデートだ』ってすごくよろこんでいたわよ」

「お父さんらしいね」

――コトリ。ローテーブルにグラスを置いたお母さんが、体全体から絞り出すように長い息を吐いた。

「お母さんとお父さんが離婚したせいで、紗菜にも迷惑かけちゃってるよね」

「なに、急に」

ヘラと笑ってみるけれど、お母さんはついていないテレビ画面を見つめたまま。

「さみしい思いをさせているな、って反省してるのよ。お父さんも前に電話で同じこと言ってたし」

余計なことは言わないように心にフタをして生きてきた。ふたりが大変だったのも理解しているし、今の生活に不満もない。

けれど、閉めたはずのフタが音もなく開くのを見た気がする。

「本当に伝えたいことは、大きな声や感情的な言い方では伝わらないから、冷静にやさしく伝えるんだって」

「急になによ」

「翔琉が教えてくれたの」

翔琉はいろんなことを教えてくれる。自分にやさしく、と言ってもくれていた。だとしたら、子供のころの自分を癒してあげたい。

グラスを手にしたお母さんに、「あのね」と口を開いた。

「さみしくはないよ。友だちのうちも両親が離婚してるんだって。別れたのに今でも親同士がいがみ合ってて、その子のストレスが半端ない感じなんだ。そこと比べると、今はさみしくない」

小声で、感情的にならずに、冷静にやさしく。

お母さんはグラスで喉を潤すと、先を促すように私にうなずいた。

「昔のほうがずっとさみしかった」

「……昔？」

「ふたりがいたころは、毎日ケンカばかりだったから。いないところで片方の悪口を聞かされて、なんて答えていいのかわからなかった。ふたりで協力して私を叱ることも多かった。一緒にいるのにみんなの心がバラバラで、すごくさみしかったんだよ」

思い当たることがあるのだろう。お母さんは叱られた子どもみたいにシュンと肩を落とした。

「そんなふうに紗菜に思わせていたなんて……ううん、それは嘘ね。お母さん、紗菜を苦しめていることを知ってた。知ってたのになにもできなかった」

「うん」

「離婚してから急に目が覚めたのよ。それからはずっと反省してた。本当にごめんなさい」

「別に恨んでいるとかじゃないの。きっとお父さんもお母さんも、ああするしかなかったんだと思う。でも、いつか自分の気持ちを伝えたかったの」

なにもできずにおびえていた日々は遠い。あのころを思い出のアルバムにしまう前に、過去の自分を救ってあげたかった。

「紗菜……ごめんね」

もうお母さんは泣きそうに顔をゆがめている。

「離婚してからふたりは変わったし、今ではすごく感謝してる。過去をなかったことにはできないけれど、これで少しずつ消化できる気がする」

視線を落とすお母さんの手を握るのに勇気なんていらない。

「こんな話をしてごめんね。今度お父さんにもネチネチ言うつもり。そしたら三人でもっと楽しく話ができると思う」

「お母さん、生まれて初めてこんなに後悔してる」

「私が言いたいことを言えなかったのは、お母さんやお父さんのためだって思いこんでいた。ふたりをイヤな気分にさせたくない、って。でも、今になってわかったの。不機嫌なふたりを見て、自分が傷つきたくなかったから。自分のために口を閉ざしていたんだ、って。でも……もうそういうのはやめることにしたの」

人にやさしくするのは弱い心を守るためだった。これからは翔琉が言うように、自分にまずやさしくありたい。きっと難しいことだろうけれど、少しずつでもできるはず。

お母さんはグラスに伸ばした手を途中で止め、感心したような声を出した。

「紗菜、すごく変わったのね。もちろんいい意味でよ」

そんなことを言うお母さんに笑いまじりで肩をすくめた。

「お母さんも変わったよ。忙しいと思うけどがんばって。私、お母さんのこともお父さんのことも大好きだから」

好きという言葉を躊躇なく言えた。

翔琉や胡桃、亜加梨が教えてくれたことなんだ。

時間旅行をしなくても過去の後悔を修復できることもあるんだね。

「あ、ヤバい。こんな時間」

すっかり夜中になっている。明日は亜加梨のお父さんを助けるために奔走しなくてはいけないから、早く寝なくちゃ。

「明日は豪雨の予報だって。休みだから朝は寝てて無理かもしれないけど、帰りなら迎えに行くわよ」

「せっかくの休みなんだからのんびりして。おやすみ」

「おやすみ」

部屋に戻ってベッドに横になると、体と心がつながっているのだろう、一瞬で眠気が襲ってきた。目を閉じて思い浮かべるのは翔琉の顔。何年もずっと続けている私のルーティーン。

また三月八日、金曜日の朝がやってきた。

教室に着くと、もう亜加梨が待ち構えていた。胡桃の姿はまだ、ない。私の席に来た亜加梨が、胡桃の席にどすんと腰をおろした。

「マジで最悪なんだけど」

「なにが？」

「昨日時間旅行したじゃん？　家に帰るなりめちゃくちゃ怒られたんですけど」

かったるそうにうなじのあたりをかいている。

「それは亜加梨がなんかやらかしたんでしょ」

「学校サボってたのがバレたからね。でも、過去のことで怒られるなんて損だと思わない？　運命が変わるとマズいだろうから、前と同じ対応はしたけどさ」

「前と同じ対応、って？」

「大ゲンカしたってこと。一歩も譲らなかったし」

長い足を組む亜加梨は、きっと緊張しているのだろう。無理して明るくふるまっているのが伝わる。

「今日の流れはどういう感じなの？　私にできることがあれば手伝いたいんだけど」

「ああ」と亜加梨が髪をかきあげながら宙をにらんだ。

「一週間連続で学校をサボったことで、昨日ナイトから電話がきた。親を入れて話し合いをすることになったんだ。五時間目を抜けて校長先生との話し合いがある予定だったんだけど、来てるのが母親じゃなくてパ……父親のほうなのがわかって、ブッチした。放課後、父親から電話が来てケンカ。それから、事故が起きた」

きっと何度も復習したのだろうな。すらすら答える亜加梨を見て思った。

「教室で怒鳴ってたよね」

そう言うと亜加梨は頬をふくらませた。

「とっさに大声出しちゃったよね」

まさかあのころはこんなふうに話ができるなんて思っていなかった。それは亜加梨も同じだろう。

「まずは作戦会議だね。事故を回避するにはなにか対策を練らないと」

提案する私に、亜加梨は素直にうなずいた。

「一応、昨日電話しておいたよ」

「え？」

「パパ……父親のヤツ、なぜかバスを使って学校に来てたからさ。車で来て、ってお願いした。あたしから電話がかかってくるなんてないからさ、めちゃくちゃよろこんでた」

よろこんでいるのは亜加梨も同じだろう。見たことのない笑みを浮かべている。

「でもさ」と亜加梨は声のトーンを落とした。

「運命は簡単には変えられないんだろ？　話し合いには参加するけど、きっとなにかトラブルが起きて、パパはバスに乗ろうとするんじゃないかな」

もう〝父親〟と呼ぶことはあきらめたらしい。

「そうだね。昨日は、〝急な仕事〟だったよね」

「スマホの電源を切らせてもらうわ」

行動派の亜加梨らしい言葉に笑ってしまった。

「あの……」

急に声がして顔をあげると、少し離れた場所に胡桃が立っていた。

「おはよう」

と挨拶をするけれど、胡桃はモジモジとしている。

「悪い。席、使わせてもらってた。紗菜、昼休みにまた頼むわ」

鼻歌まじりに席に戻っていく亜加梨を見送ってから、胡桃はおずおずと席に座った。

「あの……なにかあったの？　だって……」

目線はまだ亜加梨のほうへ向いている。そっか、この時点ではまだ亜加梨と仲良くなっていなかったんだ。そう考えると、あの事故により私たち三人は強く結びついたことになる。

「亜加梨の進路相談に乗ってただけ。今度、胡桃も一緒に話そうよ。絶対に仲良くなれるからさ」

「あ、うん。でも今日はちょっとね……」

この時間くらいに凜さんからOB訪問に行くというメッセージが届いていることを思い出した。前回は先に言ってしまい、不信感をあらわにされたから気をつけなくちゃ。

「なにかあったの？　私、胡桃のこと、もっと知りたい」

「……なんて言えばいいのかわからないんだけど、困ったことになっててね……」

この時間軸では凜さんを助けなくてもいいはず。でも、もしも時間軸が統合されなかったら……。

「ねえ胡桃。私は胡桃のこと本当に友だちだと思ってるし、すごく好きだよ」

「えっ……」

「そんな私からひとつだけお願いがあるの。実は、リアルな夢を見たんだよ」

「リアルな……ああ、裏山でケガをした夢のこと？」

少し間を取りつつ、どう口にしようか考えた。唇を湿らせたあと、首を小さく横にふった。

「今回は胡桃の夢だった。胡桃のお姉さんがOB訪問でこの高校に来るの」

——ガタン。音を立てて胡桃が立ちあがった。拒否されるかと思ったけれど、胡桃は中腰で顔を近づけてくる。

「それ、まさに今日のことだよ。お姉ちゃんが昼くらいに来るんだって。正夢を見たってこと？」

「わからないけど、ひとつだけ約束してほしいの。お姉さんとちゃんと会って話をしてほしい。それで、絶対に十八時二十分のバスにはふたりとも乗らないでほしいの」

「……どういうこと？　なにが起きるの？」

「ごめん。それは覚えてないんだ。でも、大変なことが起きたんだと思う。だからお願い、話をするのは難しくても、その時間のバスだけには絶対に乗せないで。お姉さんを見失ったらすぐに裏山入り口のバス停に走れば間に合うから」

意味がわからないだろうが、胡桃は何度も口のなかで反芻してからうなずいてくれた。

「やってみる。でも……話をするのは無理だと思う。話を……したくないの」

信用してくれているわけではなさそうだけれど、伝えたいことは伝えられた。あとは胡桃が判断するだろう。

あと残るひとりは翔琉だ。翔琉の場合は時間旅行をする旅人。きっともともとの運命になびくようなことはないだろう。

見ると、いつものように気持ちよさそうに突っ伏して寝ている。

やわらかそうな前髪に長いまつ毛。翔琉が生きていて本当によかった……。

今日が無事に終わったら、翔琉にちゃんと気持ちを伝えよう。

誰かに好きと伝えることは、何回かの時間旅行で抵抗が薄れている。ううん、むしろ、ちゃんと好きな人には好きだと伝えたい。

やがて鳴り響くチャイムが、最後の試練のはじまりの音に聞こえた。

変化は、昼休みもあと十分で終わろうというころに起きた。

トイレに行くと言って出ていった胡桃が、教室から出たと思ったらすぐに戻ってきたのだ。

教室に入るなり、まるで初めて来たかのようにキョロキョロと見渡している。うしろから来た翔琉となにやら話をして、静かにうなずくとふたりして私の席へやってきた。

「トイレに行ったんじゃなかったの？」

「トイレ？」

首をかしげたあと、胡桃は周りにクラスメイトがいないことを確認してから顔を近づけてきた。

「紗菜、私が誰だかわかる？」

今度は私が戸惑ってしまう番だ。

「胡桃でしょう？」

「そう。胡桃は胡桃でも、旅する胡桃なんだよ」

わけのわからないことを言う胡桃。おでこに手を当てた翔琉が「ああ」と嘆きの声をあげた。

「説明が下手すぎる。自分の時間軸から時間旅行してきたって言えよな」

「えっ」

驚きのあまり大きな声を出しそうになり、慌てて口を両手で押さえた。

「胡桃は自分の時間軸からわざわざ来たってこと？」

「そうなの。翔琉くんが迎えに来てくれてね」

ホクホクとうれしそうに胡桃が翔琉に目をやった。

「今朝からのふたりのやり取りを見てたら、紗菜があまりにも大変そうに見えてさ。時間軸を超えて提案してみたら、よろこんで来てくれた。そのぶん、同じ時間をまたやり直してもらうことにはなるけど」

人差し指でメガネをグイとあげた胡桃が「平気だよ」とうなずいた。

「前回はみんなの力を借りてなんとか助けたけど、今度こそ自分の力で止めてみせるから」

「いや、全然わかってねーし」

翔琉ががっくりと肩を落とした。

「運命は一度しか変えられないから、もう助けなくてもいいんだよ」

「それでもやりたいの。一気に全員が助かるほうがかっこいいし」

胡桃の決意は固いらしく、翔琉が口を開く前に「今度こそトイレ」と出ていってしまった。

胡桃の席に腰をおろした翔琉が私を見てほほ笑んだ。

「しっかり眠れたみたいだな」

「翔琉の言った通り、けっこう疲れてたみたいで家に帰ったらすぐに寝ちゃった」

「だろ。紗菜のことならわかるんだよ。なぜなら――」

――紗菜のことが好きだから。

その言葉を待っていたのに、翔琉は一瞬口をつぐんでから言った。

「幼なじみだから」

「……あ、うん」

夢のなかで『もう二度と好きって言わないよ』と言われたことを思い出した。まさか、ね……。

戸惑ってるうちに翔琉は席へ戻っていった。

拍手のような音に窓の外を見ると、いつの間にか雨が降りだしていた。


校長室は覗いたことはあったけれど、なかに入ったのは初めてのことだった。意外に広くて、壁には歴代の校長先生の写真がずらりと並んでいる。

手前にあるソファセットの奥側に内藤先生が座り、向かい側に亜加梨と亜加梨のお父さんが座っていた。

「青山？　もう五時間目がはじまってるだろ」

声を低くした内藤先生に、

「いいんだよ。あたしが同席するように頼んだんだから」

平然と亜加梨が言い、隣のお父さんもうなずいている。

「そうなんです。娘のいちばんの友だちで、進路についても理解してくれてるそうでして」

「いや……しかし、授業がですねぇ」

しどろもどろの内藤先生を無視して、亜加梨が場所を詰めてくれた。

「ここ座りなよ」

「失礼します」

座ると同時に、内藤先生が怖い顔でにらんできた。

「校長先生との面会になんでお前が同席すんだよ。そもそもお前ら仲良しってわけでもないだろ」

「これから仲良くなっていくんです」

昨日は私が言った台詞を亜加梨がするっと口にしてくれた。自然に視線を合わせて笑いをこらえる。

亜加梨のお父さんを間近で見たのは初めてだった。白髪まじりの髪をオールバックにし、高そうなスーツを着ているのに温和な顔をしている。うちのお父さんより年上っぽいな、と思った。

大学で物理学を教えていると、私にまで丁寧に自己紹介をしてくれた。

「校長先生は？」

姿が見えない校長先生について尋ねるけれど、不機嫌な内藤先生はそっぽを向いてしまった。

「急な用とかで出かけたんだ。すぐ戻ってくるってさ。でさ、ナイト」

代わりに教えてくれた亜加梨が壁の時計をあごで指した。

「さっさとはじめようよ」

「内藤先生って呼べ」

ふん、と鼻息を荒くする内藤先生に、亜加梨は苦笑いをしてから背筋を伸ばした。

「内藤先生、あたしさ、今日からはもう学校をサボらないから」

「当たり前だ。なにをエラそうに……。でも、約束だからな」

厳しい言葉とは裏腹に内藤先生の目じりが下がっている。内心はうれしいのだろう。

おじさんが深々と頭を下げた。

「これまで娘が大変ご迷惑をおかけしました」

よく通るバリトンの声に、内藤先生は慌てて頭を下げた。

「とんでもございません」

「娘がこうなったのは私たちが離婚したせいなんです。いえ、離婚したあともちゃんと向き合ってこなかったことも原因です。本当に申し訳なく思っています。亜加梨にも迷惑かけたな」

「別に迷惑かけられてないし。ま、あの母親だけはなんとかしてほしいけどね」

亜加梨はあごをツンとあげたけれど、いつもより目がやさしい。

「今後は私もしっかりと娘が学校に行けるようにサポートしてまいります」

「はい。よろしくお願いいたします」

大人の男性ふたりが頭を下げ合うなか、亜加梨が私を見てうなずいている。今のところ順調だという合図だ。

「それはそうと」と、内藤先生がテーブルを人差し指でトントンと叩いた。

「進路調査票を出してないのは泉だけなんだけど」

「なに言ってるの。昨日渡したじゃん」

「は？　昨日までサボってたろ？」

目をぱちくりとさせたあと、時間旅行のことを思い出したのだろう。

「あ、間違えた。あるよ、たしかここに……」

ゴソゴソと通学バッグをあさった亜加梨が折りたたんだ用紙を取り出し、机に広げた。愛玩動物看護師と書かれた進路調査票は、内藤先生の車のなかで見たのと同じだ。

「愛玩動物看護師？　ああ、最近できた資格だよな？」

顔を突き出しまじまじと用紙を見ながら内藤先生が尋ねる。

「そうなんです」と答えたのはおじさんだった。

「動物病院で医師の診察や治療の補助を担う看護師ですね。そうか、亜加梨は愛玩動物看護師になりたいのか」

「パパ、この資格のこと知ってるの？」

驚く亜加梨におじさんは目じりのシワを深くした。

「昔から亜加梨は動物が好きだったろ？　学校をサボるようになって大学も行かない宣言をされてから、なにかないか調べてみた。今度会ったら薦めてみようと思ってたところさ」

「へえ、そうなんだ」

そっけない口調でも亜加梨の表情は見たことがないくらいほころんでいる。

「愛玩動物看護師ねぇ……。これまで希望している生徒はいなかったから、先生もちゃんと調べてみるよ」

用紙を手にする内藤先生に、「あの」と声をかけた。

「桐島くんも愛玩動物看護師を目指しているそうですよ」

「は？　あいつそんなこと書いてなかったぞ」

「夢が変わったみたいって、翔琉が教えてくれました。亜加梨はどこの学校を希望しているの？」

私が出したパスを亜加梨は笑顔で受け止めてくれた。

「専門学校に進みたいの。一応、候補はいくつかあるんだけど、どこも家から通うには遠くて悩んでるんだよね」

通学バッグから何枚かのパンフレットを取り出す亜加梨。きっと自分で取り寄せたのだろう。いかに亜加梨が本気かがわかる。

内藤先生とおじさんがパンフレットを受け取り眺めだした。

「いいんじゃないか」

最初にそう言ったのはおじさんのほう。

「亜加梨が行きたいところに行けばいい。ひとり暮らしするのもいいだろう。なに、お母さんにはお父さんからうまく言っておくさ」

「いいの？」

身を乗り出す亜加梨に「ただし」とおじさんが人差し指を立てた。

「今日から学校をサボらないという約束をすること」

ニヤリと笑うおじさんに、亜加梨は子どものように破顔した。

「なるほど。じゃあ今のところうまくいってるってことか」

翔琉が満足そうにうなずいた。

さっきから校内放送では警報が発令されたことをくり返し伝えている。あの日と違うのは、放課後になっても翔琉がいること。私たちは今、それぞれの席に座って話をしている。

誰もいないのだから、いつもみたいにそばに来てくれればいいのにな……。ちょっとしたことで昨日の夢を思い出してしまう。

胡桃は凜さんに会いに行き、私たちが見守るなかふたりで帰っていった。今回はうまくいったようだ。あとで駅で合流することになっている。

「亜加梨のお父さんは車で来てるんだよな？」

椅子ごと私のほうに向いた格好で翔琉が尋ねた。

「それがね、車が故障しちゃったらしくバスで来たんだよね」

「さすが運命。一筋縄ではいかないってことか」

感心したようにうなずいているけれど、状況的には非常にまずい。今、亜加梨はおじさんと一緒に校長先生と話をしているそうだ。

「さすがに別々で帰りはしないと思うんだけど、心配だよね」

「予防策は考えておいたほうがいいだろうな。そうだな……」

あごに手を当てて考える翔琉。壁の時計は五時四十五分を示している。約三十分後のバスに乗らないようにするにはどうすればいいんだろう。

スマホを開くとメッセージのお知らせが届いていた。

【母】警報発令中。早く帰宅せよ。

お母さんらしいメッセージに苦笑してしまう。昨日の夜に話をする機会を持てたことで、運命は私たちの関係をより深くしてくれたんだ。

あれ……そういえば、昨日の夜、お母さんが今日のことでなにか言っていたような……。

「あっ」

短く叫ぶ私を翔琉がいぶかしげな顔で見てきた。もしかしたら、お母さんにお願いすれば亜加梨を助けられるかもしれない。

手早く返信していると、翔琉が椅子から立ちあがっていた。

「俺、いいこと思いついた。大活躍のナイトの車でバスを通せんぼするのはどう？」

「通せんぼ？　バスを動けなくするってこと？」

「それならバスの運転手もケガを負わずに済むだろ？」

自慢げに胸を張る翔琉。こういうところは昔から変わっていない。

そう、変わったのは私のほうだ。翔琉を好きだと自覚したころから、意識するあまりそっけない態度ばかり取ってきた。翔琉にバレないようにするのが必死な私に、それでも翔琉は気持ちを言葉にしてくれていた。

なのに、時間旅行をしてからの翔琉はこれまでと違い、私と距離を置いている気がする。今だって教室のはしっこ同士でしゃべっているのは、翔琉が私の気持ちに気づき、急速に想いが冷めたからなのかも……。

告白をしよう、という気持ちは炭酸みたいにどんどん気が抜けている。

「それもいいけど」と、わざと明るい声で言う自分が悲しい。

「どうやって内藤先生に説明するの？　もし納得してくれたとしても、うまくいかなかったら？　内藤先生まで事故に遭ったとしたら、その運命はもう変えられないんじゃないの？」

「そんな質問ばっかすんなよ。ただアイデアを出してるだけなんだからさ」

ふてくされた顔の翔琉に、落ち着けと自分に声をかける。無意識に責めるような口調になってしまった。

今は翔琉への気持ちをしまって、亜加梨のことだけを考えなくちゃ。

「そんなつもりじゃ……ごめんね」

「別に怒ってないよ。じゃあ、ほかの案を考えるから待ってて」

シュンとする私に気づかず、翔琉は再びアイデアを模索しはじめた。

雨音が沈黙を埋めるように響いている。激しい雨がもたらす悲劇はすぐそこまで迫っている。運命はおじさんをバスに乗せようとするだろう。

「あ……」

思わず立ちあがった私に、翔琉が顔を向けた。

「亜加梨、昨日言ってたよね。おじさん、亜加梨が靴を履き替えている間にいなくなった、って。たしか……急な仕事が入ったってメッセージが来たって」

「しまった！」

通学バッグを手にした翔琉が教室を飛び出した。私も慌ててあとを追う。きっと時間的にはまだ間に合うはず。それに亜加梨だって前回のことは頭に入っているだろう。スマホの電源を切ってもらうって言ってた気がする。

廊下を走る足音が雨に同化しているみたい。必死で走っても、どんどん翔琉との距離が離れていく。まるで今のふたりのようだ、とこんなときなのに考えてしまう自分が嫌い。

想いや悩みをふり切るように角を曲がると、翔琉が足を止めるのが見えた。その先に立っているのは亜加梨だ。駆けてきた私たちを見て目を丸くしている。

「亜加梨、おじさんは？」

「え？　まだなかだけど」

校長室のドアを指さす亜加梨にホッとしてうずくまりそうになる。

が、翔琉はツカツカと校長室の前まで進むと、やおらドアを開けてしまった。厳しい表情をしていた翔琉が、すぐに「あ」と短く言った。

「すみません。間違えました」

間違い電話をしたみたいな言い方で頭を下げると、翔琉はドアをそっと閉める。

「本当にいたわ」

「なによ、あたしが嘘ついてるとでも言いたいわけ？」

腰に手を当てて怒りを表現する亜加梨に、翔琉は慌てて首を横にふった。

「そうは言ってない。ただ職員室につながってるからそこから逃げたとか。窓からだって脱出は可能なわけだし」

「パパのことを逃亡犯みたいに言わないでよね。ちゃんとスマホも切ってもらったし、見張りは完璧なんだから」

亜加梨だっておじさんのことを犯人みたいに言っているけれど、ひとまず安心していいだろう。

「でも、これからどうしよう。今から出たらちょうどあのバスの時間になっちゃうし」

曇った表情になる亜加梨に、翔琉が職員室のほうに目をやった。

内藤先生にお願いしようと考えているのだろう。

そのとき、校長室のドアが開き、おじさんが出てきた。待ち構えている私たちにギョッとしたあと、なかに向かってお辞儀をした。

「それでは失礼いたします」

ドアを閉めたあと、おじさんは亜加梨に「悪い」と言った。

「職場に行かなくちゃならなくなった。緊急の要件だけどすぐに終わるから」

「は？　スマホの電源――」

「マナーモードにしてたんだよ。そしたらじゃんじゃん電話が来ててね。すぐに終わるから、駅前で待ち合わせしてご飯でも食べよう」

ショックのあまり声の出ない亜加梨に変わり、翔琉がおじさんのそばに行った。

「タクシーを呼びましょう。もしくはひとつあとのバスに乗ってください」

「悪いけど本当に緊急の案件なんだよ。亜加梨、じゃあ――」

「ダメ！」

びっくりするほど大きな声で亜加梨が叫んだ。

「パパ、お願いだから行かないで」

「亜加梨？」

「翔琉の言う通りタクシーに乗って。ああ、でもこの時間に呼んじゃったらタクシーの運転手さんまで巻き添えになるかもしれないよね。だったら……そうだ、逆側の道を選ぶとか!?」

混乱しているのだろう、ボロボロと涙を流す亜加梨におじさんは面食らった顔をしている。

このままでは運命に負けてしまう。そのとき、スカートに入れたスマホが震えた。

「あのっ！」

亜加梨に負けないくらいの声に、みんながいっせいに私を見た。時間は十八時十分。

冷静になれ、と胸に手を当ててから口を開く。

「私の言うことをよく聞いて。今から昇降口に行って、すぐに靴を履き替えて外に出ます」

「それじゃあパパが……！」

子供みたいに泣く亜加梨に「大丈夫」と、自分でも驚くくらい冷静に言えた。

「私を信じて。亜加梨も翔琉も、おじさんも。じゃあ、急いで」

先導する私に、三人が戸惑った顔でついてきてくれた。靴を履き替えると、それぞれカサを差して豪雨のなかかすんで見える校門を目指した。

「なあ、どうすんだよ」

隣に並んだ翔琉の問いに答えずに、校門の先を指さした。青色の車がヘッドライトをつけたまま停車している。

「あれって、紗菜んちの車？」

「さっきお母さんに迎えに来てってお願いしたの」

昨日の夜、お母さんが迎えに行くと言ってくれたことを思い出し、さっきラインでお願いをしたところだ。思ったよりも早く到着してくれてよかった。

ふり向くと、もう亜加梨はまるでお地蔵さんに祈るように私に手を合わせていた。

「ありがとう、紗菜。ありがとう」

亜加梨からおじさんへ視線を移す。なんとしてでも車に乗ってもらわないといけない。

「ちょっと狭いかもしれませんし、遠回りするので時間はかかると思いますが、バスよりはずっと早く到着するはずです」

おじさんに説明してから助手席のドアを開けると、

「待ってよ、私、スッピンなのよ！」

両手で顔を隠したお母さんが誰よりも大きな声で叫んだ。

駅前に着くころには雨が小降りになっていた。

カーラジオで流れていたニュースでは、警報は解除されたと女性アナウンサーがくり返し伝えていた。

渋るお母さんを説得し、私も駅前で降ろしてもらった。亜加梨はおじさんとハグなんかしていて、すっかり打ち解けた様子だ。

慌てて職場へ向かうおじさんを見送ってから、胡桃の待つファーストフード店に入った。私たちを見て、胡桃は安心したのか泣き笑いの表情を浮かべていた。

窓側のテーブルに座り、代表で翔琉が飲み物を買いに行ってくれた。亜加梨が胡桃にさっきの出来事を説明している間、私は口を挟まなかった。ジンとしたしびれが頭に生まれるなか、この数日の出来事がスライドショーのように流れている。そんな感覚。

翔琉がトレイを抱えて戻ってきた。飲み物のほかにもハンバーガーやポテトといった顔ぶれは、前回胡桃と来たときと同じだ。

コーラの入った紙コップを受け取ると、翔琉が乾杯よろしく自分の紙コップを軽く持ちあげてみせた。みんながそれに倣い、そしてクスクスと笑った。

「これってさ」と亜加梨が言う。

「ロールプレイングゲームのエンディングみたいじゃね?」

そう言われても私はゲームをあまりしないからわからない。首をかしげる私に、亜加梨はじれったそうにうなった。

「ほら、世界を救ったパーティが最後にウィットに富んだ会話をするわけ。アメリカンジョークみたいなのを入れつつ和やかに笑い合う光景が映っているシーンのこと。で、カメラがパーティから空に向かってゆっくりパンするわけ。真っ青な空に〝終わり〟の文字が浮かびあがる。わかるでしょ？」

「全然わからない。ウィットとかパンってなんのこと？」

素直に答えると、亜加梨はガクッと肩を落とした。そんな私たちを見て、胡桃がマリア様のような微笑を浮かべている。

「亜加梨はお父さんを救えて本当にうれしいんだね」

「そんなの胡桃だって同じじゃん。まあ、あたしは一度失敗しちゃったけど」

「え、私もだよ。紗菜が時間軸を移動して来てくれたから助かったの」

「あたしも」

ふたりしてこっちを見てくるけれど、その向こうで翔琉が憮然(ぶぜん)とした顔をしているのがわかる。

「私じゃなくて翔琉が助けてくれたんだよ」

功労者をたたえるなら、翔琉のほうだ。私だけでは時間旅行はできたとしても、それぞれの時間軸を移動することはできなかったから。

「いや、俺じゃないよ」

さっきまでふてくされていたくせに、翔琉があっさりと言った。

「紗菜がいちばん多く時間旅行をしてるから。俺だって一応助けてもらったことになるわけだし」

その言い方がなにか心に引っかかった。深い意味はないのだろうけれど、時間旅行をするたびに翔琉との距離を感じてしまう。どんなに走っても追いつけない距離は、さっき廊下を走ったときに似ている。

暗くなりそうな気持ちをコーラで流しこんだ。

「このあと、もとの時間軸に戻るんだよね？」

月末の夕刻になれば時間軸が統合される。最初に時間旅行をしたのがずいぶん前の出来事に思えた。

「いや、このままいたほうがいいだろう」

翔琉の答えに、胡桃が首をかしげた。

「このままって、このまま？」

「そう、このまま。だって、時間軸を旅したおかげで三人は共通の結果を手にしたわけだろ？　今戻ったら、もとの世界には――俺も凜さんもおじさんもいないことになる」

「あっ」と胡桃が短く叫んだ。

「月末に世界が統合されるまで待つことになるんだね」

「そういうこと。それならこのままいたほうがいいだろ？」

突然、亜加梨がバンとテーブルに両手を置いた。

「明日から学校に通うって約束したから、戻っちゃったら嘘ついたことになるじゃん。だったらこのままでいいよ」

そっか、とようやく私も理解した。

「私たちも困るよね。翔琉も凜さんもおじさんも亡くなってるのに、明日からは平気そうに見えちゃうし」

「そうだね」と胡桃も同意した。

このまま三月三十一日を迎えれば、自然とこの世界が継続されるのだろう。

みんなでうなずき合っていると、翔琉がポテトをつまんで食べだした。

「改めて考えるとすげえな、って思う。俺しかできないはずの時間旅行を三人はできちゃったんだもん。ばあちゃんが生きてたら絶対に怒られてたわ」

あはは、と笑った亜加梨が私に目を向けた。

「あたしたちじゃないよ。紗菜ががんばったんだよ」

「そうだよ。私たちは悲しんでいるだけだった。紗菜はどうしても翔琉くんを……ううん、それだけじゃなくて私や亜加梨の大切な人を助けたいと思ってくれたんだよ」

瞳に涙を浮かべる胡桃に、顔の前で手を横にふった。

「三人でがんばったからだよ」

そんな私たちをやさしい目で眺めながら、翔琉が口を開いた。

「人っていつ死ぬかわかんないってことだよな。普段はなかなか素直になれないけど、後悔がないようにしなくちゃ……って説教くさいか」

ガハハと笑う翔琉に、みんなが笑った。

ああ、とやっと心から安心することができた。

何度も同じ時間をやり直したけれど、やっと私たちの時間旅行が終わったんだ。

気づくと雨はあがり、窓の外には折れそうな三日月が光っていた。

第六章　世界がひとつになる前に

変化は突然訪れることもあれば、徐々に段階を経て色を変えていくこともある。

時間旅行の果てに、落ち着いたと思えたのは一瞬のことで、数日後から胡桃が高校を休むようになってしまった。

メッセージを送ると普通に返事が来るし、電話をかけても出てくれる。休んでいる理由は、『疲れが出た』とか『風邪を引いた』とか。

亜加梨は、宣言通り毎日登校していた。けれど、胡桃が休みはじめて数日が過ぎたころから、登校はしているものの教室には来なくなった。内藤先生によると、学習室で勉強をしているそうだ。授業についていけなくなった生徒や、不登校の生徒が行く学習室になぜ亜加梨が？

学習室を訪ねた私に、

「あたし、マジで勉強がんばりたいからさ。まずはみんなのレベルまで追いついてから三年生になりたいわけ」

と、明るく笑う亜加梨の髪は、前とは違う黒色でひとつに結ばれていた。

時間旅行を終えてから、ふたりの様子がだんだんと変わってきている。

いや、もうひとり変わってしまった人がいる。それは、翔琉だ。胡桃や亜加梨が距離的に離れたとするなら、翔琉は心が離れてしまった。そんな感じ。

最近では登下校のときも一緒にならなくなった。教室で話をしてもそっけないし、放課後になるとサッと帰ってしまう。あからさまに避けられている日々に、じわじわ傷ついている。

……いったい、どうしちゃったのだろう。

理由がわからないまま、ついに終業式も終わってしまった。

短い春休みを少しでも楽しもうと、我先にと教室を飛び出していくクラスメイト。

その波に紛れるように翔琉が教室を出ていくのが見えたとたん、このままじゃダメだと思った。

荷物をまとめて翔琉のあとを追うと、彼は昇降口とは逆の廊下を進んでいき、突き当たりにある図書室のなかへと姿を消した。

バス停に行っても姿が見えなかったわけだ。私と一緒にならないよう、ここで時間をつぶしていたのだろう。

しばらく迷ってから図書室の扉をそっと引くと、翔琉は奥にある机に座りなにかを書いていた。が、私に気づくと一瞬で苦い顔になってしまった。もうそれだけで胸が痛い。

だけど……このまま春休みを迎えるのはイヤだった。

隣の席に椅子ごと翔琉のほうに向けて座る。

「どうして……」

あまりに弱々しい声がこぼれてしまい、大きく息を吸いこんだ。

「どうして私を避けるの？」

筆記用具を通学バッグに放りこんだ翔琉が、一瞬泣きそうな表情を浮かべたように見えた。けれど、すぐに冷たい顔に戻ってしまう。

「べ……別に避けてない」

「避けてるよ。時間旅行が終わってからずっとそう。話しかけても冷たいし、朝も帰りも一緒にならないし」

「いろいろと忙しいんだよ」

目も合わせず迷惑そうに言う翔琉は、まるで前とは別人のよう。最低限の会話でかわそうとしているのが伝わり悲しくなる。

「時間旅行の途中で違う翔琉と入れ替わってしまったの？」

「それは紗菜の勘違いだって。俺は前から同じだし」

「違う。だって前は……」

好きって言ってくれたじゃん。さくらまつりに行こうって言ってくれたよね。言えない言葉を呑みこむと同時に、以前見たリアルな夢を思い出した。あの夢のなかでも、翔琉は私を断ち切るようなことを言っていた。

もし、現実で言われてしまったら、きっと私は立ち直れないだろう。

「あのさ」

翔琉が立ちあがった。

「ちょっと……考えなくちゃいけないことがあってさ。しばらくはひとりでいたいんだよ」

握りしめた手は汗ばんでいるのに、体から温度が消えてしまったように感じる。最後の質問の答えを聞けば、告白をしないままフラれることになる。春休みが終わって三年生になれば、きっと話もできなくなる。

それでも、聞かずにはいられなかった。

「翔琉はもう……私を好きじゃないの？」

もう顔を見ることもできず、机とにらめっこしながら尋ねた。

冷たい言葉を覚悟して身構えても、翔琉からの返事はない。そっと顔をあげると今にも泣いてしまいそうな表情で翔琉が口を結んでいた。

言いたいことがあるのに言えない。そんなふうに見えた。

けれど彼は言う。

「ごめん」

と。

図書室を出ていく翔琉を追いかける勇気は、これっぽっちも残っていなかった。

駅前のファーストフード店には久しぶりに来た。時間旅行の最後に四人で訪れて以来だ。

春休みの店内は平日というのに混んでいて、すっかり暖かくなった日射しがガラス越しでも感じられた。

テーブルを挟んだ向かい側には、胡桃と亜加梨が並んで座っている。二日前、久しぶりに胡桃から電話がかかってきたのがきっかけだった。内容は、時間が統合される日の待ち合わせについてだったと思う。

思う、というのは、図書室での出来事が頭から離れず、ずっと臥せっていたから。

私の様子がおかしいことに気づいた胡桃が亜加梨に相談し、強制的に今日のこの時間、待ち合わせすることになった。

あっちへ行ったりこっちへ行ったりする話を、ふたりは辛抱強く聞いてくれた。

「ほら、ちゃんと飲んで。脱水になっちゃうよ」

話をしている途中からこぼれだした涙は、もうハンカチをじっとり湿らせている。

コーラの入った紙コップを見ても、とても飲む気になれない。手に取ってストローを口に含んでわずかに飲めば、甘いはずのコーラが苦く感じた。

ふたりは顔を見合わせて困った顔をしている。

「ごめん、こんな話で。でも、どうしてもわからないの。時間旅行が終わって、ぜんぶうまくいくと思っていたのに、どんどんみんなが離れていくみたいで……」

洟を啜っても悲しみは次々に涙に変換されてしまう。胡桃や亜加梨、翔琉と旅した時間たちが、今では嘘みたいに思えてしまう。

「紗菜に話したいことがあるの」

そう言った胡桃に、

「おい」

亜加梨が慌てた様子で止めた。

「私が休んでいた理由は、紗菜が原因じゃないんだよ」

本当だろうか。なにもかもが嘘で塗り固められているように感じる。

私の危惧することを知ってか、胡桃が心をほぐすようにやさしくほほ笑んだ。

「実は今、お姉ちゃんのアパートに泊まってるんだ」

「……凛さんの？」

「時間旅行をして気づいたの。少しでもお姉ちゃんのそばにいたい、って。だから親にもお姉ちゃんにもワガママ言って泊めてもらってたんだ。ふたりに話したら、子どもっぽいって言われそうで内緒にしてたの。ごめんね」

そんなこと思わないよ、と首を横にふった。胡桃は少しほほ笑んだあと、背筋を伸ばした。

「今度の日曜日に時間が統合されるんだよね。その日は、お姉ちゃんのそばにいたいの」

「いいんじゃね」と、亜加梨が先に答えた。

「あたしもさ、パパに毎日会いに行ってるし」

学習室に登校するようになって以来、亜加梨と話すのも久しぶりな気がした。

「これまでパパのことを避けてきたから、ちゃんと話がしたくってさ。学習室で勉強してることを言ったらすごく褒めてくれてさ。不思議なんだ、全然話題が尽きないいんだよ」

目を大きくして笑う亜加梨も、前とは違う気がする。

「もちろん三年生になったらちゃんと教室に登校するし、休んだりもしない。夢をかなえるためにがんばるから」

ふたりはもう前を向いて歩いている。時間旅行は、ふたりに後悔しないように生きることを教えた。……そういうことなの？

「ふたりともすごいね。私だけ迷路に迷いこんでいる気分」

こんな明るい春の日に、翔琉だけがいない。前はいつだってそばにいたのに、私がはぐらかしたせいで離れてしまった。春休みに入ってから、顔を見ることもなくなって、メールや電話もできずにいる。

「そんなことないよ。だって紗菜がいたおかげで時間旅行ができたんだから」

胡桃の言葉に、亜加梨が大きくうなずいた。

「ふたりとも紗菜にはめっちゃ感謝してるんだよ」

「私じゃないよ。翔琉のおかげだよ」

名前を口にするだけで、喉が苦しくなる。私もふたりのように、大切な人のそばにいることができると思っていた。なのに、近所にいるのに顔も見られない。

「私、フラれたんだよね……」

また悲しみの波が襲ってくるようで、視界がぼやけてしまう。

「紗菜は、翔琉くんのことが本当に好きなんだね？」

胡桃の問いに、涙と一緒にうなずいた。

「好き。ずっと好きだった。でも、誰にも言っちゃいけないって思ってた。そしたら……いなくなっちゃった」

私も好きと伝えればよかった。翔琉の誘いに笑顔で応えればよかった。

自分の気持ちを隠してきたせいで、彼の心が離れてしまった。素直に感情を表現していれば拒絶されることもなかったはずなのに。

「時間旅行をするたびに翔琉への気持ちがどんどん大きくなっていったの。でも、同じ幅で翔琉の気持ちが消えていくのを感じた。でも、それでもいい。翔琉が生きてさえいてくれれば……」

ああ、もう泣いてばかりだ。翔琉が生きていること、それがすべてなのに、どうしてこんなに弱いのだろう。

胡桃が手を伸ばし、私の左手をつかんだ。

「違うと思う。翔琉くんだって紗菜のこと、好きなんだよ」

つかまれた手にグッと力が入り、顔をあげると胡桃の頬に大粒の涙がぽろりとこぼれた。

「え……」

どうして胡桃が泣くの……？

耐えきれない感じで亜加梨が「ああ！」と声をあげた。

「もう限界。紗菜の話を聞いて、あたしたちもめっちゃ腹が立ってるんだよね。翔琉って男らしくないよな」

私のために泣いたり怒ったりしてくれる友だちがいる。そっか、ふたりは私のことを避けていたわけじゃないんだ。

心の声を伝えた私に、こんなに真剣に向き合ってくれている。勇気を出して気持ちを言葉にすることが大切なんだ……。

「ありがとう」

久しぶりに笑みが自然にこぼれた気がした。

同じテーブルで泣いたり怒ったり笑ったりしている私たちは、周りからおかしく思われているかもしれない。だけど、そんなことも気にならないくらい、久しぶりに安堵した気持ちを感じている。

が、亜加梨の怒りは収まらないらしく、荷物をまとめて立ちあがったかと思うと右手をつかんできた。ふたりに両手を抑えられた形になる。

「そろそろ時間だから行こう」

「え、どこに？」

戸惑う私に構わず、亜加梨はずんずん歩きだす。手を離した胡桃が私のバッグやジュースを持ってついてくる。

店を出るとそのまま駅前に向かう。

「ちょっと待って。電車に乗るの？」

「いいからいいから」

鼻歌でもくちずさみそうな亜加梨は駅前を抜けると、商店街の裏側にある桜並木へと足を進めた。

「よし、ここでいい」

ようやく手を放してくれた亜加梨が、満足げにうなずいているけれど、状況がまったくわからない。

「あのね」と胡桃が荷物を渡してくれた。

「時間旅行をして、私は変わったと思う。大切な人のそばにいたい、って心から思えるようになったんだ」

「あたしも。素直に言葉にできるようになった。だから、紗菜にもそうしてほしい」

まっすぐ私の目を見つめる亜加梨に気圧されるようにうなずくと、胡桃が私の向こう側を見て顔をこわばらせた。つられてふり向くと、桜並木に沿って歩いてくるのは——翔琉だった。

黒いシャツにジーンズ姿の翔琉を見て、すぐにふたりに視線を戻した。

「あたしが呼び出しておいた。だから、ちゃんと気持ちを伝えなよ」

照れくさそうに亜加梨が言い、胡桃も両手の拳を胸のあたりでグッと握りしめた。

戸惑う私を残し、ふたりは翔琉のもとへ歩いていく。

翔琉の前で立ち止まると、「あのさあ」と亜加梨が低い声で言った。

「翔琉には言いたいことが山ほどある。だけど、今日はやめとく。次回会ったときに改めて言うから覚悟しておいて」

「そうなんだ」

「私もたくさんある。でも、今は紗菜のことが心配」

そっけない翔琉に、固い表情のままで胡桃が言った。

「わかってる」

「わかってないよ。翔琉くんの態度は間違ってると思う。私の友だちを傷つけないで」

胡桃の言葉が胸に温かい。私のためにこんなことまで言ってくれるなんて思ってもいなかった。

なにも答えない翔琉を置いて、ふたりは私に手をふり商店街へ続く横道へ消えた。

立ち尽くしている翔琉に近づくとき、不思議と怖さは感じなかった。どんな結果でも、ちゃんと自分の気持ちだけは伝えようと思えたから。

バツが悪そうに翔琉はそっぽを向いた。久しぶりに近くで見る翔琉に、散々流したはずの涙がこみあげてくる。

泣かない。もう泣かずに、ちゃんと想いを伝えよう。

「あのね、翔琉――」

「悪かったよ」

翔琉はやっと目を合わせてくれた。疲れた顔をしている、と思った。

「時間旅行をしてから体調がおかしくってさ。なんか、誰ともしゃべりたくない気分が続いてたんだ」

「大丈夫、なの？」

やっとできた会話はぎこちなく、涙声を隠せない。翔琉は鼻で息を吐くと、小さくうなずいた。

「もう大丈夫。完全復活ってわけじゃないけど、春休みを楽しめるくらいには回復した。でも、桜が満開になるのはまだまだ先だよなあ」

右手を伸ばし、低い位置にある枝を私のほうへ向けてくれた。今年は開花が遅いらしく、このぶんでは始業式あたりが満開の予想だとニュースでもやっていた。

「四月になったらここに来ようよ。私……さくらまつりに翔琉と行きたい」

それは翔琉のことが好きだから。口を開く前に、「なあ」と翔琉はやさしく目じりを下げた。

「今から出かけようか」

「え……今から？」

「久しぶりに行ってみたい場所があるからつき合ってよ」

そう言うと、翔琉はバス停のほうを指さした。


裏山にのぼるのは久しぶりだった。通学のときにバスで通り過ぎるだけだし、そもそも私が中学生になったころから立ち入り禁止になったと聞いている。それなのに翔琉は学校のひとつ前の停留所でバスを降りると、少し戻ったところにある獣道へ躊躇することなく足を踏み入れたのだ。

なんとか中腹までたどりつき、大きな木の下で休憩をしているところ。

ぐったりする私と違い、翔琉は幹にもたれて気持ちよさそうに目を閉じている。

「ねえ、本当に大丈夫なの？　怒られない？」

「大丈夫。実はこの裏山ってうちのじいちゃんの持ち物なんだよ」

「え……嘘でしょ。一度も聞いたことないけど」

「まあ内緒にしてるから。厳密に言うと、祖先の持ち物で代々受け継がれているんだって。俺、ひとりでここに来たこともあるよ」

てっきり冗談かと思ったけれど、翔琉が嘘が苦手なことは私がいちばん知っている。

「クマとか出たりしない？」

「イノシシはいるみたい。あとはサルもいる」

ゾッとする私に翔琉がケラケラと笑った。

「嘘だって。立ち入らせないようにするために流してるウワサなんだよ。実際はいても、これくらいのでっかいクモくらい」

それだってかなりイヤだけど……。バレーボールくらいの大きさに両手を広げてサイズを教える翔琉に体を震わせてみせた。

「はいこれ」

翔琉がスポーツドリンクのペットボトルをひょいと渡してきた。

「水分補給して、山頂までがんばろう」

「え、まだのぼるの……？」

翔琉と一緒にいられてうれしいけれど、まさか山のぼりをすることになるとは思っていなかった。できればここをゴールにしてほしいけれど……。

「紗菜に見せたい景色があるんだ」

そう言われてしまっては行くしかない。ううん、一緒に行きたい。

立ちあがるとずいぶん体はラクになっていた。

春になったばかりの山道は、芽吹いたばかりの緑が鮮やかでところどころ名も知らぬ花が咲いていた。

「山をのぼるほどに春を感じない？」

ふり向いた翔琉が手を差し出してくれた。

「そうだね。生まれたての葉がかわいいね」

久しぶりに握る手がうれしくて、さっきまでの疲れが吹っ飛んだ気がする。

やがて山頂に到着すると、そこには体育館くらいの平地が広がっていた。太陽の光を浴びているせいか、草木が緑を主張しているようだ。膝まである草をかきわけて進むと、サワサワとこすれる音が重なり、まるで山が笑っているみたい。

「すごいね、ここ。こんなに広いんだ」

「昔は神社があったんだって。でさ、見せたいのはあっち」

手を引かれて連れていかれた先は、町を見おろせる場所だった。

「いつも見ていた山頂に立ってるんだね。あ、商店街が見える」

思わず笑顔がこぼれてしまう。

「そっちもすごいけど、俺が見せたいのはこれなんだ」

ふり向くと、翔琉は大きな木に手を当てていた。

「え、この木……？　あっ」

見あげて気づいた。木の上のほうに薄いピンク色の花がまばらに咲いている。

これは……桜の木だったんだ。

「ここならきっと咲いているって思ったんだ。さすがは俺」

ニヒヒと笑う翔琉に、私も同じようにうれしさを隠しきれない。

手を伸ばしても届かない距離に咲く花は美しく、首が痛くなるくらい見つめた。四月になればきっとたくさんの花が山を色づけるのだろう。

「紗菜」

その声に顔を戻すと、翔琉がじっと私を見つめていた。

「話があるんだ」

「あ……うん」

胸が大きく跳ねるのがわかった。それは、最初に翔琉が告白をしたときと同じ空気を感じたから。

「俺さ、自分が事故に遭う前に紗菜に告白したよな？」

「あ、うん」

さっきから同じ言葉しか返していない。

「でも紗菜が時間旅行をして俺を助けてくれたと知ったとたん、急に怖くなったんだ。運命を変えることは難しい。告白の返事がもしもOKだったとしたら、また俺が死んだら、傷つけることになるって思った。……バカだよな」

そう言ったあと、翔琉はゆっくりと首を横にふった。

「もう大丈夫だよ。だって、運命を変えることができたんだから」

「紗菜って、本当にすごいよ。まさか時間旅行をして助けてくれるとは思ってなかった」

どこか悲しげに見えるのは気のせいかな……。自分でも気づいたかのように翔琉は八重歯を見せて笑った。

「私ひとりじゃみんなを助けることなんてできなかった。時間旅行をするなかで、私もたくさんのことに気づけた。それは、翔琉が教えてくれたことなんだよ」

　目を大きく開いた翔琉に、「でも」と私は続けた。

「時間旅行が終わってからの翔琉については文句を言わせて。あんな露骨(ろこつ)に避けられたら誰だって傷つくよ」

「それは……ごめん」

　まるで子供のころに戻ったみたい。昔から翔琉はみんなを引っ張っていくリーダー的存在だったけれど、私が怒るとこんなふうにシュンとしていた。

　長い時間を一緒に過ごしてきたから、このままでいいと思っていた。でも、くり返す時間旅行が教えてくれたことは、大切な人は一瞬で目の前から消えてしまうということ。

　だったら私は自分の気持ちをちゃんと言葉にしたい。桜の木が応援するように揺れている。

「翔琉のことが好きなの。ううん、ずっと好きだった」

「……え？　ちょっと待って。それは俺が先に言うはずだったのに」

「だって私が返事をする番だったから。それに、今日までさんざん待ったのに、離れていく一方だったじゃん」

「う……」

ぐうの音も出ない翔琉が、肩を落としている姿がかわいい。そして、彼は言った。

「俺も紗菜のことが好きだよ」

「うん」

「子どものころからずっと好きだった」

「うん」

自然に手をつないだあと、私たちはまた町を眺めた。青色を濃くした空が上に広がっている。

もうすぐ時間が統合される。そうしたら、今度こそ運命に追われることなく翔琉のそばで生きていける。

迷わないよ。気持ちを言葉にすることは恥ずかしいけれど、それ以上にやさしくてうれしいことを、もう私は知っているから。

「最近、元気になったみたいね」

キッチンに顔を出すと、お母さんがソファでストレッチに精を出していた。

「そう？　いつもと同じだけど」

「同じなわけないでしょ。春休みに入る前は今にも死にそうな顔をしていたのに、生まれ変わったみたいな顔してる。今だって鼻歌うたってたわよ」

え、と固まる私にお母さんがキッチンのテーブルについた。

「悪いけどお茶ちょうだい。冷たいやつね」

「うん」

キッチンにはまだ夕飯の食器が積み重なっていた。

ちょうどお茶を飲みに来たところだったので、ふたりぶんをグラスに注ぎ向かい側の席につく。

「で、なんでそんなに上機嫌なの？」

「別に……なんでもないよ」

あれ以来毎日、翔琉に会っている。近場でデートをすることがほとんどだけど、それでも毎日が楽しくて仕方がなかった。

そばにいられるだけでいいと思っていたけれど、恋人という肩書きになったことで見慣れた景色さえ輝いて見える。

「あ、わかった」

お母さんがニヤリと笑ったので表情には出さずにドキドキしてしまう。翔琉とつき合うことになったなんて言ったら、お母さんは近所で言いふらすに決まってる。

「明日で三月が終わるからでしょう？」

「それのどこが上機嫌の理由になるのよ」

「四月になったら誕生日が来るでしょ？　昔から紗菜は『早く大人になりたい』って言ってたじゃない。十八歳になったら大人の仲間入りするから……って、違うのね」

私の表情を見て、お母さんはガッカリしたように口をとがらせた。

たしかに早く大人になりたいと思っていたけれど、最近はそうでもない。

「そういえばお父さんが進級祝いを買いに連れていってくれるんですって。来週の土日って空いてる？」

「どうだろう。ちょっと予定があるかも」

そういえば、さくらまつりに一緒に行く約束の返事をまだもらっていない。

「じゃあ平日の夜とかね。お母さんのスケジュールと合わせてもらうから、ちょっと待っててね」

「お母さんも行くの？」

「当たり前じゃない。お母さんだってなにか買ってもらうんだから」

平然とお茶を飲む姿に笑ってしまう。離婚する直前、ふたりの仲は最悪だった。あれから三年が過ぎ、一度は離れてしまった距離が再び近づいているのが不思議だ。

「復縁とかあるんじゃないの？」

冗談ぽく聞くと、お母さんはグラスのお茶を半分くらい一気に飲んだ。

「人はそんなに簡単に変わらないからね。別れる運命だったと思うことにしてるの」

「運命は変えられるんだよ」

「まさか」

おかしそうに笑うお母さんに、翔琉のことを話したい。でも、これはまだ私たちだけの秘密だ。

「じゃあ最初から復縁する運命だったのかも」

「もしそうなったら紗菜はどう思う？」

そんなことを尋ねるお母さんに今度は私がお茶をあおる。これは本格的に復縁がありえるのかもしれない。

「別にふたりがそれでいいなら応援するよ。ただし、また大ゲンカをくり返すようなら、ふたりとも家から追い出すから」

目を丸くしてからお母さんはやさしくほほ笑んだ。

「紗菜って前とまるで別人みたい。いい意味でだけどね。きっと大人になったのねぇ」

「別に変わってないよ」

口では否定しながらも、考え方が変わったことは実感している。きっと、時間旅行が私を成長させてくれたんだ。離婚したってケンカばかりしていたって、大切な人が生きてさえいてくれればいいと思える私がいる。

「お母さんもお父さんも、今でも気にしてるのよ。思春期の真最中に離婚しちゃって、紗菜を傷つけたんじゃないかって」

「ああ、たしかに恋愛観はネガティブな色になっていたかも」

それも翔琉が変えてくれた。告白をされるならまだしも、自分からできるなんて思ってもいなかったから。

「お母さんとお父さんが選んだ答えを応援するよ。ただし復縁するなら、まずはこれまでのお詫びとしてディズニーでも連れてってもらうから。もちろん泊まりで」

「はいはい。期待せずに待っててね」

お茶を飲みほしたあと、お母さんは立ちあがった。

「明日は月末だから仕事が大変。もう寝るわね、おやすみ」

「おやすみなさい」

置き去りのグラスをシンクに入れる。食器の洗い物をするのは私ってことか……。

スポンジに水を含ませながら冷蔵庫の横に貼ってあるカレンダーを見た。

いよいよ明日は三月三十一日、時間が統合される日だ。事故が起きた時間、十八時二十五分過ぎになれば、長かったこの時間旅行も終わり、今まで通りの日常が戻ってるんだ。

それがどれだけ幸せなことか、今ならわかるよ。

翔琉の顔を思い浮かべると笑顔になる。この運命に感謝して、私も今日は眠ろう。

電車のなかは大きなゆりかごみたい。

穏やかな春の日差しが窓から入り、時折入るアナウンスは子守唄のよう。ガタンゴトンという揺れが浅い眠りへと私を誘う。

いつの間にか眠ってしまったらしい。目を開けると、翔琉とつないだままの右手が見えた。

……これは夢？

ぼんやりと思いつつ彼の大きな手をしばらく眺めていると、言いようのない幸せな気持ちがこみあげてきた。翔琉と想いを伝え合えたのは夢なんかじゃない。

横顔に目を向けると、翔琉が「ん？」とやさしくほほ笑んでいる。

「まだ寝てていいよ。着いたら起こしてあげる」

翔琉の声が子守唄のように聞こえ、また閉じそうになるまぶたをこじ開けた。

「もう大丈夫。寝ちゃってごめん」

「今日のデートプランを決めたのは俺だし。ちょっと詰めこみすぎたって反省してたところ」

黒いTシャツにグレーの長袖シャツ、黒のデニムもよく似合っている。いつもより大人っぽい雰囲気の翔琉にドキッとしてしまう。

今日、三月三十一日は朝から快晴だった。

翔琉のリクエストした岬は、電車で片道一時間かかって到着した。灯台に続く長い階段をのぼったり、近くにある商店街を巡ったりしているうちにあっという間に午後になってしまった。

恋人になってから、ずっと笑っている気がする。私も、翔琉も。

「そういえば、紗菜も行きたい場所があるって言ってなかった？」

やわらかい声がこの季節によく似合っている。

「今度で大丈夫だよ。駅ビルに新しくできたクレープ屋さんに行ってみたかったの」

最寄り駅に最近オープンしたクレープ屋さん。バターシュガーが入ったパリパリのクレープがＳＮＳで話題になっていて、店は連日大行列ができているそうだ。

「じゃあこれから行こう」

やさしい翔琉に、「ううん」と首を横にふった。

「まだお腹いっぱいだし、そうとう並ばなくちゃいけないんだって。春休みが終われば落ち着くだろうし、学校帰りに寄ってみようよ」

翔琉と行きたいところはたくさんある。少しずつふたりで出かけられたらいいな……。

が、翔琉は唇をとがらせてしまう。

「もう口がクレープを欲しているんだよね」

そんなことを言う翔琉に笑ってしまった。

「そういうのあるよね」

「並んでいる間にお腹も空くよ。てことで、ふたりで並ぼう」

「一時間待ちとからしいけど、いいの？」

「それくらいなら間に合うから大丈夫だよ。お、着いた」

間に合う、というのは時間の統合のことなのかな？　たしかに、その時間にこれまでとの変化は多少あるかもしれない。

手を引っ張られ、一緒にホームに降り立つ。急ぐ人たちに抜かれながら、改札口を抜け駅ビルへ向かった。

お目当てのクレープ屋さんはウワサ通り大行列ができていた。甘い香りがフロアに満ちていて、それだけで幸せな気持ちになる。

最後尾に並んでもまだ、翔琉は手を握ってくれている。くすぐったくて少し恥ずかしくて、それよりもうれしくてたまらない。

「そういえばさ」

翔琉が周りに聞こえないように私の耳元でささやいた。

「ばあちゃんの大好物ってクレープだったんだよ」

「え、意外。和菓子とかかと思ってた」

「クレープを初めて食べたときの感動が忘れられないんだってさ」

おばあさんのことはよく覚えていないけれど、翔琉に時間旅行のことを教えてくれた人。私にとっては恩人みたいな存在だ。

「翔琉はおばあさんが大好きだったんだね。おばさん、やきもち焼いてたよ。時間旅行のことを教えてもらえなかったって」

「ああ、父親の家系でしか共有できないらしくてさ。それに身内のことには使ってはいけないってルールをうちの母親は守れないだろうし」

たしかに、と苦笑しながら前に進んだ。

「でも、私には教えてくれたよね？　おばさんにさえ教えない大事なことを私に言ってもよかったの？」

「それもルールだったし」

あっさりと言ったあと、翔琉はハッと口に拳を当てた。

「どういうこと？　私に教えるルールがあったってこと？」

「いや、その……メニュー、なににする？」

ごまかそうと翔琉は通路に置かれているメニューボードを指さすけれど、バターシュガーを頼むことはさっき確認し合ったはず。

じとーっと見つめる私に翔琉はつないでいた手を離し、頭をかいた。

「好きな人に好きだと伝えるときに、時間旅行の話をしてもいいんだって。受け入れてもらえたら、時間旅行ができるアイテムを渡すことになってる。そう教えられた」

「アイテム……。あ、ペンダント？」

今ではお揃いになっているペンダント。胸にぶら下げている自分のペンダントを指さす私に、翔琉は渋々うなずいた。

「ペンダントじゃなくてもなんでもいいみたいだけど、遺灰が入ってるのってかっこいいからさ……」

好きな人から好きな人へ受け継がれる形見。それってすごくロマンチックだし光栄なこと。だけど……それ以上に疑問が生まれる。

「じゃあ翔琉のお父さんもおばさんに説明をして、なにかを渡したんでしょう？」

おじさんとおばさんも時間旅行ができないとおかしなことになる。

「ばあちゃんには子供が三人いてさ、うちの父親だけが時間旅行をかたくなに信じなかったんだって。とにかく現実主義でじいちゃんとばあちゃんがいくら説明しても受け入れなかったみたい」

「へえ……」

「だからばあちゃんは孫である俺に委ねることにしたみたい」

あと少しで行列の先頭までたどり着ける。甘い香りは鼻が慣れてしまったらしく、かすかに感じる程度になっている。

「俺は紗菜のことが好きだったろ？　好きでたまらなかったから、告白するときにペンダントを渡したんだ。まあ受け入れてもらう前に渡しちゃったんだけどね」

周りの客が『好き』という言葉にチラチラこっちを見てきた。恥ずかしくなるけれど、堂々と言葉にできる翔琉が誇らしい。そうだよ、好きな人に好きだと言うことに遠慮なんかいらないんだ。

翔琉が教えてくれたことなんだね。

そう思ったあと、急に疑問が浮かんだ。

「少しおかしくない？　だって好きな人に好きだと言うたびに時間旅行の説明をして、遺品を渡すことになるでしょう？」

「なんだよ。俺がそんなたくさんの人に告白するとでも思ってるわけ？」

さっきまで興味津々だった周りの客が、不穏な空気を察してか余計に耳を澄ませているのがわかった。

「そういうことじゃないけど、とりあえず買い終わったら話をしようよ」

提案しても翔琉はムッとした顔をしたあと、大きくため息をついてしまう。

「わかったよ。じゃあ、本当のことを言うよ」

「そうじゃなくて、今は……」

「告白するときに時間旅行の話や品物を渡すんじゃないんだ」

「わかったから。あとで話を——」

「生涯をともにしたいたったひとりの人にプロポーズとして渡す、というルールなんだよ。俺にとってその相手が紗菜だったんだよ」

行列のいたるところで黄色い悲鳴や拍手がわきあがった。


クレープを手に駅ビルから逃げるように飛び出た。

「信じられない。あんなところでプロポーズとか言うなんて」

春というのに額にも背中にも汗をかいてしまっている。が、うしろからついてくる翔琉は涼しい顔のまま。

「俺、知らない人に『おめでとう』って言われた。うれしいなあ」

「いや、そうじゃなくて……」

まさかあの告白がプロポーズの代わりだったなんて驚いてしまう。

少しでも駅ビルから離れようと足速に歩く私の腕を翔琉がつかんだ。

「悪かったよ。あんなところで言うべきじゃなかったよね」

「それもあるけど、時間旅行のこととかも聞かれちゃまずいでしょう?」

し。

違うな、と思った。そのあとのルール説明がなかったらここまで動揺はしていない

「生涯をともにしたい女性に告白をするときに時間旅行のことを話して……アイテムをプレゼントするってこと？」

「そういうこと」

気持ちよさそうに目を閉じる翔琉の前髪とシャツが風に泳いでいる。もうすぐ夕方になるというのに、まだ太陽が町を明るく照らしていた。

静かに目を開けた翔琉が私だけを見つめてほほ笑む。

「迷惑だった？」

そういう聞き方はずるい。

時間旅行を継承するために、好きな相手に伝えるのはわかる。

だけど……。

「迷惑なわけないじゃん。でもさ、生涯をともにする相手に告白をするって……すごい決意が必要だと思うの。私たち……まだ高校生だよ？」

そう言う私に翔琉は八重歯を見せて笑った。

「やっぱりそう思うよな。いくらなんでもいろんなことをすっ飛ばしすぎてる」

その笑顔を見てホッとした。なんだ、翔琉も同じように感じてたんだ……。

疑っているわけじゃない。うれしいけれど、本当に私でいいのかと思ってしまうのは仕方ないよね……。

「なぜかあのときにどうしても伝えなくちゃって思ったんだ。だから俺は後悔してないよ」

あっけらかんと言う翔琉に、私もうなずく。

「あのときにペンダントをもらえなかったら時間旅行ができてなかったもんね」

「無意識に救ってほしいという本能が働いたのかも。さすがに俺はすごいよなあ」

「私だってすごいんだから」

ああ、こういう感じ。私たちはいつもふざけながら笑い合っていた。

子どものころからそばにいた翔琉と恋人になれたことがうれしくてたまらない。

「私も……翔琉のことが好きだからうれしかったよ」

好きな人に好きと言える自分になれた。それは私自身の力だけじゃなく、翔琉が教えてくれたこと。

私の頬に手を当てた翔琉がそっと顔を近づけてきた。目を閉じる前に、翔琉の唇が私の唇に重なった。

最初のキスはあまりにも短かった。

長い時間をかけて、やっと翔琉と触れ合えた。そんな気がした。

「あのさ」「うん」「えっと……」

お互いに顔を真っ赤にしながらしどろもどろにつぶやく私たち。

「あとひとつ行きたいところがあるんだけど」

翔琉が鼻の頭をかきながら言った。

「あ、うん」

そっと唇に触れてから、気持ちを切り替える。

時間は十七時を過ぎたところ。春休み中だし、お母さんは夜勤でいないから何時になっても構わない。

けれど翔琉が、

「学校に行きたいんだ」

なんて言うから思わず眉をひそめてしまう。

「学校？　春休みに？」

「ちょっと用事があってさ。ダメなら仕方ないんだけど、ダメって言わないでほしいんだ」

つき合ってわかったことは、翔琉は頼みごとがあるときは子犬みたいな目をするってこと。末っ子だから甘え上手なのかもしれない。

学校では見せない姿は、恋人の私だけが知ることのできる特権みたいなものかも。

「いいよ。じゃあバスに乗りますか」

それこそ子犬みたいにうれしそうにじゃれてきた翔琉が手をつないでくれた。バスターミナルに行くとちょうどやってきたバスに乗りこんだ。春休みに学校に行くなんて不思議な気分だ。

いつもの席に並んで座るとゆっくりとバスが動きだす。視界になにか見えた気がした。

「あ、見て。桜が咲きはじめているよ」

指さす先に色づきはじめた桜並木が並んでいる。

「おお。来週には満開だな。商店街の読みは当たってたってことだ」

私の頬に引っつくくらいの距離で翔琉は言った。

さっきのキスを思い出し、思わず顔がにやけてしまう。

すぐに見えなくなる桜並木。来週のさくらまつりはふたりで回ろう。クラスメイトに会ったならつき合っていることを報告しよう。

「みんなびっくりするかな……」

思わずこぼれたひとり言にハッと我に返った。聞かれたかも、と横を見ると翔琉はなぜか難しい顔で前を見ていた。

私の視線に気づくと、やわらかい笑みを返してくれる。

恋人になれば感情も少しは落ち着くと思っていた。けれど、実際は前以上に心が好きだと叫んでいる。

もう安心していいんだよ、と自分に言ってもまるで効果なし。

誰かを好きになるという感情は海のように深くて、空のように美しい。想像を越える毎日がきっと私たちを待っている。

——次、停まります。

機械音に我に返ると、翔琉が腕を伸ばしてボタンを押していた。

あれ、学校はまだ先だけど……？

尋ねる前に翔琉が腕時計を見せてきた。

「時間が統合されるときにさ、あの場所にいたいんだ」

「あの場所……。ああ、バスの？」

誰も周りにいないのに小声で尋ねたのは、翔琉の横顔が急に遠く感じたから。

ゆっくりと停車したのは、普段なら誰が降りるんだろうというような山への入り口。

手を引かれバスを降りると、オレンジ色に染まる空が広がっていた。

「気をつけて」

手をつなぎ坂道をおりていく。すぐ横にいる翔琉はまるでセピアのフィルムみたい。きっと私も同じように夕焼けに照らされているのだろう。

「あと十分で時間が統合されるね」

　これも翔琉の言葉。

　なにか話したいのに、さっきから足がやけに重い。それはたくさんの命を一度は奪った事故現場が近いから。

　崖の下に広がる広大な空き地は、前に来たときには気づかなかった緑の草木が生い茂っている。その中央部に進むと、翔琉はやっと足を止めてくれた。

　時間の統合がされるときに、はじまりの場所に戻ってきたことになる。あのときは絶望しかなかったこの場所にふたりで立っていることが不思議。

「いろんなことがあったね」

　やっと口にすることができた言葉に、翔琉は想いを馳せるように見渡したあと「うん」とうなずいた。

　握られた手が離されるのを待っていたかのように、風が私たちの間を吹き抜けた。

「紗菜にもたくさん迷惑かけたよな」

「迷惑なんて思ってないよ。私が運命を変えたかったんだから。それに、胡桃も亜加梨も。ふたりがいたから一緒に時間旅行ができたし」

「あいつらもすげえよな」

　そう言ったあと、翔琉は大きく肩で息をついた。

「俺も、運命を変えたかった」

そうだよね。自分が死んでしまうなんて思ってもいないから。

「私、この一カ月をずっと忘れないと思う。今思うと私たちすごいことしたと思うし」

「俺もそう思う」

それから私たちはクスクスと笑い合った。幼なじみとしてそばにいた翔琉が、恋人になりもっと近くにいる。こんな毎日がずっと続けばいいのに。

「そろそろ時間が統合されるよ」

「なにか異変が起きるの?」

「正しい運命になるだけだから大丈夫。紗菜はそれを受け入れればいいんだよ」

そう言ってから「おいで」翔琉は両手を広げた。

「え……」

おいで、ってどうすればいいのだろう? 急な誘いに体が硬直してしまう私の体を、翔琉の両手が包みこんだ。

「紗菜」

くぐもった声に、自分の心臓の音がすぐそばで聞こえてきそう。頭の先からつま先までしびれたようになってしまい、翔琉の背中に手を回すことができない。

でも……翔琉の体温を感じる。もう一度こんなふうに抱きしめられたかったんだ、って心が叫んでいるみたい。

——もう一度？

今日まで一度もされたことがないのに、どうしてそんな気持ちになるのだろう。きっと、急に抱きしめられたから頭が混乱しているんだ。

抱きしめ返す勇気が出ず、彼の背中のシャツをつまんだ。

「紗菜のこと、ずっと好きだったよ」

「私も……好き。翔琉が好き」

私たちの恋は実ったんだ。いつか翔琉のことを思いっきり抱きしめられる自分になりたい。ううん、きっとすぐになれるはず。

「紗菜、約束してほしい。もう二度と時間旅行はしないって」

「え……？　あ、うん」

うなずきながら肩越しに見える空に目をやると、夕焼けがすごい速さで夜の闇に塗り替えられていた。まるで台風の空のように雲が早送りで流れている。

つまんだシャツが指からすり抜けた。もう一度つかもうとしても、なにも指先に触れない。

「あれ……」

つぶやくと同時に抱きしめられている感覚も、消えた。一歩下がって気づく。翔琉の体が夜に溶けていくように消えようとしている。

「翔琉……。え、どうして？」

さっきと同じ笑みを浮かべたまま翔琉がやさしく首を横にふった。

「これが、俺たちの正しい運命なんだよ」

「正しい運命？　わからないよ。どういうこと？」

「紗菜。俺がいなくても……てほしい」

「え……なんて言ったの？　聞こえないよ！」

腕を伸ばしても、指は簡単に翔琉の体をすり抜けてしまう。その間にもどんどん翔琉の体は薄くなっていく。

どうして……。どうして翔琉が消えてしまうの!?

「ちょっと先に行ってるから」

「そんなのイヤだよ！　翔琉……！」

なにが起きているのかわからない。もう翔琉の姿はほとんど夕闇に消えてしまっている。

「さよなら」

どうしてそんなことを言うの？　だって私たちは運命を変えることができたはず。

それなのになぜ!?

「翔琉！　お願い、私を置いていかない、で……」

気づけば両膝を地面につけていた。

数秒前までいた翔琉の姿はもう、ない。翔琉がいたあたりを風が通り抜けるだけ。

「なんで……。どうしてこんなことになるの？」

涙がボロボロこぼれてもなお翔琉がいた場所から目を逸らせない。きっと彼は戻ってくるはず……。

やがて空に半月が輝きだしたころ、私は静かに理解した。

運命は翔琉を連れていってしまったということを。

「翔琉。翔琉……」

何度呼んでも翔琉の声は聞こえない。姿も見えない。

「こんなのイヤだよ。どうして……」

両手を顔に当てて泣いたって帰ってこない。

私は運命を変えることができたはず。なのに、さっきの翔琉はこうなることを知っていたかのように、最後まで笑みを浮かべていた。

「ひどいよ……」

好きだと言われてうれしかった。想いが通じ合い、恋人同士になれたと思っていたのに、どうしてひとりぼっちにするの？　こんなことなら時間が統合されなければよかったのに……！

　頭の奥がじんとしたしびれを生んでいる。ふいに誰かが坂をおりてくる気配を感じてふり向いた。

「翔琉……？」

「ごめん。違うの」

　近づいてきたのは、胡桃と亜加梨だった。

　どうしてふたりがここにいるのだろう。ああ、もうなんにもわからないよ。

「大丈夫？」

　胡桃が私の肩を持って立たせてくれた。

「大丈夫じゃ……ない。だって、だって翔琉が……！」

　反対側に立つ亜加梨が、顔を覗きこんできた。

「時間の統合、されたんでしょ？　うちらも今、そこで見送ったところだよ」

「……見送った？」

　脳がうまく働いてくれない。亜加梨が……おじさんを見送ったってこと？

「え……凜さんは？」

「……行っちゃった」

　胡桃が空を見てつぶやいた。その頬にこぼれる涙がわずかな月明かりに反射した。

「どうして……。翔琉だけじゃなく、みんな消えちゃったの？」

これは……夢だ。悪夢を見ているんだ、とまばたきをしても景色はなにも変わってくれない。

ふたりが静かに目を伏せるのを見てやっと気づいた。

「ふたりは……こうなることを知っていたの？」

大切な人がいなくなったのに、こんなに落ち着いているわけがない。きっとふたりは、時間の統合で消えてしまうことを知っていたんだ……。

「どういうことか教えて。今なら間に合うかもしれない。翔琉を……ううん、凜さんやおじさんをこの世界に戻せるかもしれない！」

けれどふたりは口を結んだまま首を横にふるだけ。

「胡桃っ！」

その細い肩をつかむと、キュッと口を結んだまま顔をあげた。そして、言いにくそうに「あのね」と言葉を逃がした。

「お姉ちゃんの家に泊まっていたのは本当のことなの。私がお願いしたんじゃなく、お姉ちゃんのほうから誘ってくれたんだよ」

「え？」

なにを言っているのかわからない。頭のなかがぐちゃぐちゃに混乱している。

「最初はうれしかったよ。でも、学校をサボってもいい、なんて言うからおかしいと思って、尋ねたの。お姉ちゃん、最初は教えてくれなかったけれど、やっと話してくれた。そして……今日までしかそばにいられないことを知ったの」

手の力が抜け、宙をかくようにぱたんと落ちた。亜加梨に視線を向けると、胡桃とは違い、瞳に涙を浮かべている。

「あたしもパパと一緒にいた。春休みになってからはいろんなところへ行った。いなくなることに気づいたのはこないだ紗菜に会った日の朝。問い詰めてやっと教えてもらえた。だから、覚悟はできてなかったけど、今は受け入れられて——」

「おかしいよ！」

お腹のなかで生まれた感情が、沸騰したように口から一気にあふれ出た。

受け入れるってなにを？　今日いなくなることを知っていたなら、どうして翔琉は私に言ってくれなかったの？

「お願い、教えて。時間旅行をして運命を変えることに成功したんだよね？　それなのにどうして……これじゃあふりだしに戻っただけじゃない」

不穏な空気が私たちの周りに満ち、苦しくて息もうまくできない。頬を伝う涙が、悲しみじゃなく悔しさに変わっていく。

どういうことかわからない。わからないよ……。

夜の裏山には虫の声さえ聞こえない。この場所に取り残された三人のなかで、私だけがなにも理解していない。

「私だって紗菜に教えてあげたかった。でも……できなかったの」

胡桃がそう言った。

「胡桃……」

「教えなかったのは翔琉くんのやさしさだと思う。きっと紗菜が受け止められないことを知っていたから」

「同じく」と、亜加梨が苦しげな表情になる。

「あいつ、あたしの家まで来て頭を下げるんだよ。『内緒にしてほしい』って。だから……ごめん」

ふと、なにかが頭をよぎった。

そういえば、今日までの時間で何度も違和感を覚えることがあった。なんだっけ……と思い出そうとしても、形にならない記憶が胸にモヤモヤと広がっていくみたい。

だったら……。

「私、もう一度時間旅行をしてくる」

時間を戻せば、翔琉に直接聞くことができる。

きっと反対されると思っていたのに、なぜかふたりはホッとしたように息を吐いた。

「私も、紗菜にはちゃんと知ってほしいって思ってた。ううん、知るべきだと思う」

「あたしもそう思う。翔琉って肝心なところはごまかすもんな」

「翔琉くんとの約束は一応守ったわけだし、本音で言うね。紗菜はもう一度時間旅行をすべきだと思うの」

「胡桃に同じく。紗菜には本当のことを知る権利がある」

急に饒舌になるふたりに戸惑いながら、さっきの違和感を頭に浮かべた。

時間旅行をするのなら、いつに戻ればいいのだろう？　今日の朝とかに戻れば聞き出せるかもしれない。胸元にあるペンダントを取り出すと、同時に、ふと翔琉の言った言葉が頭に浮かんだ。

『大事な話があるんだ』

あれは……事故に遭う直前に翔琉が言った言葉だ。このペンダントを私にくれたあと、彼は告白をした。答えを言えない私に、たしか……。

「そう。『先に行ってるよ』って……」

声にして確認する。ふたりは驚いたように顔を見合わせている。

もし、あの『先に行ってるよ』が亡くなる意味の『先に逝ってるよ』だとしたら、あの時点で翔琉は自分が死ぬことを知っていたことになる。それは……どうして？

「紗菜、急いで。ペンダントが……」

胡桃の声に手元に目をやると、シルバーのペンダントが侵食されるようにどんどん黒い色に変わっている。時間が統合されるとペンダントも消えると言われたことを思い出す。

「私、最初の事故の時間に戻ってみる。きっとあの時間になにか隠されていると思う」

思えば、あの日からおかしなことばかり続いていた。自分の考えを反芻するようにつぶやいていると、

「紗菜」

胡桃がやさしい声で私の名を呼んだ。

「私もまだ受け入れられていないの。戻ってきたら、一緒に泣いてほしい」

震える声は涙になり、彼女の頬を伝っている。

「あたしも待ってるから。絶対に戻ってこいよな」

無理して作る亜加梨の笑顔。

時間旅行の先に、どんな答えが待っているのだろう……。

「わかった。絶対にこの時間軸に戻ってくる。だから待ってて」

ペンダントトップのかろうじてシルバーを保っている部分を握りしめ、目を閉じる。

心臓がズキンと痛みを覚え、時間旅行が寿命に影響があるということを思い出した

けれど、そんなことはどうだっていい。翔琉のいない世界にいたって意味がないから。

風が強くなる。

——どうか、はじまりの日に私を帰してください。

髪が踊り、跳ね、宙に泳ぐのを感じながら、うねるような風の音が徐々に遠ざかっていく。

吹き荒れる風の先に、あの日の翔琉が待っている。

「会いたい。翔琉、あなたに会いたい」

声も風に奪われ、遠ざかっていく。

やがて遠くから拍手が聞こえてきた。暗い世界にひとりぼっち。ううん、翔琉に会えばすべては変わるはず。

近づく拍手の音が雨音だと気づくと同時に、自分が椅子に座っていることに気づいた。

静かに目を開けると、私は教室にいた。窓の外にはあの日の雨が降っている。

私の机には見慣れないカサが置いてある。あの日、図書室に行くという胡桃から借りたカサだ。

事故の日の放課後に戻ってこられたんだ……。ゴクリと唾を呑みこんでから教室を見渡すと、髪をほどいた亜加梨がスマホを眺めていた。

小降りになる雨音は、このあと激しくなることを私は知っている。

「なによ」

亜加梨がスマホを耳に当て、低い声で言った。おじさんが学校に来ていることに対して怒っているんだ。

——だから行かないって。ひとりで帰ればいいじゃん。

「だから行かないって。ひとりで帰ればいいじゃん」

——マジでウザい、とか……。たしか、そんな言葉だったはず。

「は？　マジでウザいんだけど！」

叩きつけるようにスマホを切ると、亜加梨は教室を出ていった。これがおじさんとの最後の会話になるとも知らずに。

しんとしたなか、雨の音だけが響いている。

私はこのあと……そう、翔琉に会うんだ。

思い出すと同時に教室を飛び出していた。昇降口でもどかしく靴を履き替えていると、翔琉がカサをたたみながらやってきた。前髪から滴がボタボタと流れ落ちている。

「翔琉……」

翔琉は私を見て、一瞬戸惑ったような表情を浮かべたあとフッと小さく笑った。

「こんな時間まで残ってたのか？　警報出てるから帰らないと」

「うん。今から帰ろうと思って……」

「えっ？」

驚いた顔で翔琉が近づいてきた。

「なんで泣いてるの？　なんかあったのか？」

「泣いて……ないよ」

「嘘つけ。どうしたんだよ」

「なんでもないって」

ごまかしながら、この先の展開を思い出す。そう、もともとの時間軸で翔琉は私にペンダントをくれたあと、告白してくれたんだ。

だけど……。二回目の時間軸ではそんなそぶりは見せなかった。むしろ、そっけなくふるまっていた。

「ああ、そっか……」

絡まっていた糸がするんとほどけた気がした。不思議そうな顔の翔琉が、首につけているペンダントのチェーンに手をかけるのを見て、自分の心が決まった気がした。

「ペンダントはいらないよ」

翔琉の手がピタリと静止した。

「おばあさんのペンダントを渡そうとしたんだよね。でも……もう、もらってるの」

スカートのポケットからペンダントを取り出して見せた。

「え……なんで？」

もうペンダントは輝きを失い真っ黒に沈んでいる。翔琉はじっとそれを見つめたあと、私に視線を移した。その瞳は、二回目に時間旅行をしたときの目によく似ている。

「君は……時間旅行をしてきた紗菜なのか？」

半信半疑の様子で翔琉が尋ねたので、ゆっくりうなずいた。

「マジかよ……。なんで時間旅行なんてしたんだよ」

「それは、翔琉がわかってることだよね？　ねえ翔琉。ちゃんと教えて。時間の統合までみんな無事だったのに、どうして翔琉たちがいなくなってしまったの？」

「……時間の統合がおこなわれたあとから来たってこと？」

ひとり言のように小声で尋ねた翔琉が、「ああ」とため息をこぼした。

「そっか。紗菜は俺がいなくなってもなお、時間旅行をしたのか……」

翔琉が昇降口のあがりかまちに腰をおろし、私の手を引いた。

窓の向こうに暗い雨が見えた。こだまするような雨音にかぶさり、小さくチャイムの音が聞こえる。

やっと会えたのに、横顔がやけに冷たく感じられた。そう、それが違和感だったんだ……。

「紗菜がした時間旅行のこと、教えてもらってもいい？」

もう私の顔を見ない翔琉に、何度もくり返した時間旅行を思い出す。

「翔琉はバスに乗って事故に遭った。ほかにも凜さんや亜加梨のおじさんも。だから、私は時間旅行をして翔琉を助けたの」

翔琉がなにも言わないので、話を続けた。

「そのあと翔琉の力を使って、凜さんとおじさんをそれぞれの時間軸で助けた。これでぜんぶうまくいくはずだった。だけど……」

「時間の統合で助けた人全員が消えてしまった。そういうこと？」

うなずくときに、あの違和感が頭のなかで整理されていく気がした。

「翔琉は告白してくれたんだよ。だけど、二回目のときにはそんなそぶり、全然見せなかった」

「行動が変わったからじゃないかな？」

私もそう思った。話す会話が変わったから、翔琉はタイミングを逃したって。

「変わったのは翔琉のほうだったんでしょう？　それは翔琉がぜんぶわかっていたから。私が時間旅行をしたことを知り、わざと冷たく接することにした。ぜんぶ……自分がいなくなることを知っていたからだよね？」

時間が統合されるときに翔琉は自分がいなくなることを知っていた。私が悲しまないように告白することをやめ、嫌われようとしていたんだ……。

「そうかもしれないし、そうじゃないかもしれない」

こんなときなのに、翔琉はひょいと肩をすくめている。そのしぐさだって、よく見れば無理しているってわかるよ。

彼を助けることに必死になりすぎて、私は気づけなかった。

こみあげてくる涙を深呼吸で抑える。もう、私は泣かない。本当のことを知るためにここに来たのだから。

「さくらまつりの約束をしなかったのも、四月に自分がいないことを知ったからだよね？」

「…………」

厳しい顔で翔琉は右の拳を口に当てている。答えないことが答えだと思った。

翔琉は胸元のペンダントを乱暴に取ると、チェーンの部分を差し出した。

「持って。これから紗菜をもとの時間軸に送るから」

「え……」

「知らなくてもいいことはたくさんある。俺は、紗菜とこのまま別れたい」

強引に差し出されるチェーンは、私と翔琉を永遠に引きはがしてしまう。

「イヤ……」

激しい雨音に負けそうな気持ちを奮い立たせる。

「このままもとの世界になんて戻りたくない。翔琉がいない世界なんて意味がないから。絶対にイヤ！」

昇降口から外に飛び出せば、一瞬で頭から足先までずぶ濡れになった。それでも構わずに校門まで走ると、先にあるバス停に胡桃と亜加梨が見えた。

翔琉を乗せるはずだったバスが出発したのだろう。

この時間軸にいれば、月末まで翔琉のそばにいられる。あとは何度も時間旅行をして、この日に戻ればいい。それなら、ずっと翔琉といられるはず。

ポケットのなかからペンダントを取り出すと、まるで発掘された遺跡のようにボロボロになっていた。雨に負けるように崩れていく。

手のひらから黒ずんだ液がこぼれていき、残ったのはチェーンのようなかけらだけ。

「紗菜」

突然右手をつかまれ、残ったチェーンさえ地面にこぼれ落ちた。

「ちゃんと話をしよう」

「イヤ！」

翔琉の手をふり払おうとしても、あまりにも強い力にほどけない。

「離してよ！　ペンダントが……」

無理やりしゃがみ、落ちたチェーンを探すけれど雨が地面で騒いでいるだけ。

「俺がちゃんと説明するから。それまでは紗菜をもとの時間に戻さないから」

そんなことを言われても信じられない。だって、翔琉は最初から私に嘘をついていたから。いなくなることを知っていて、私に合わせていたから……！

「紗菜！」

翔琉が片膝をつき、私の肩を両手でつかんだ。雨が私たちを攻撃するように降っている。髪に肩に、悲しみの雨が降り注いでいる。

「俺は紗菜のことが好きだ！」

叫ぶような声に、雨音が急に遠ざかった気がした。

「翔琉……」

「きっと前にもそう言ったと思う。だけど、紗菜が時間旅行をしていることを知ってしまった。……紗菜が言うようにわざと冷たくしたんだと思う。それは、俺が死ぬ運命だから」

「ちゃんと説明を……してよ」

私の目を正面に捉えたまま、翔琉が小さくうなずいた。

「わかった。もうなにも隠さないよ」

抱きかかえるように私を立たせると、翔琉は校舎のほうに顔を向けた。

「まずは雨宿りをしよう。これじゃあ風邪を引いてしまうから」

もう自分はいなくなるのに、どうして私にやさしくしてくれるの？　私になにも言わなかったのもやさしさなの？

歩きだす翔琉のあとを数歩下がってついていく。

片想いが終わるときのような、さみしさが胸をしくしくと痛めている。

遠くで救急車のサイレンが聞こえる。

ふたりきりの教室では、雨音だけが生きているみたい。うしろの窓辺に並んで立ったまま、翔琉は窓の外を見ている。窓に映る彼の顔は、見たこともないくらい悲しみにあふれていた。

「運命を変えると、前の記憶はその人から消えてしまうんだ」

「うん」

「でも紗菜は崖から落ちた事故を夢で見た。それくらいショックな出来事だったんだよな」

静かな声で語る翔琉の隣に立ち、小さくうなずいた。

「俺は……紗菜を助けられてよかったと思っている。自分がケガをすることは最初からわかってたし」

「うん。……え？」

　驚く私に、翔琉はやっと私に顔を向けてくれた。

「紗菜は俺が肩に傷を負った理由を、運命が一度しか変えられないからだと思ってるだろ？　でも、それ以外にも条件があるんだ」

「条件？」

　窓の外に視線を戻した翔琉が「代償」と口にした。意味がわからずに同じ言葉をくり返していると、彼は深いため息をついた。

「簡単に言うと、運命を変えるには、もともとの運命を継ぐ人……つまり、身代わりが必要なんだ」

　スッと教室の温度が下がった気がした。身代わりって……誰かの代わりになる人のことだよね？

「じゃあ……私の身代わりになることでケガを……」

　声が意図せずかすれてしまう。そうだ、というように翔琉は苦しげにうなずいた。

　足元から悪寒が忍び寄ってくるのを感じる。まるで開けてはいけない扉を開くような恐怖が襲ってくる。

　こらえても荒くなる呼吸に、窓ガラスが白く曇っていく。

「どうしても本当のことを知りたい？」

翔琉がそう尋ねた。

怖い、怖くてたまらなくても、もう答えは出ている。

「知りたい。なぜこうなったのか、私……わからないから」

「……じゃあ、本当のあの日に戻ってみようか。もしも真実を知りたいなら、あまり考えずに運命に身を任せてみて」

翔琉が取り出したペンダントは、暗い教室のなかでも光を放っている。

怖くてたまらない。だけど……真実を知りたい。

「嘘をついていなくなったりしないよね？」

うなずく翔琉に促されるようにチェーンに手をかけてから目を閉じると、すぐに風を感じた。

「大丈夫。危険なことはもうないから」

翔琉の声が遠ざかっていく。風が吹き荒れるなか、必死で体を支えた。

やがて扉の閉まる音が聞こえた。

「雨、あがったみたいだよ」

その声にハッと目を開けると、窓越しに空を眺めている胡桃がいた。

ここは……教室だ。

「胡桃……」

今は……どの時間なのだろう？　雨があがる……。ひょっとして、あの事故に遭う日のこと？

「警報が出てるし、そのカサは持って帰ってね。きっとまた降りだすだろうし」

「あ、うん。ありがとう」

右手に胡桃のカサを持っているということは、やっぱり事故の日の夕方だ。見渡すと教室には誰の姿もない。

おかしいよ。だってこの時間には亜加梨とふたりきりで教室に残っていたはずなのに。

「ねえ胡桃……。お姉さんって今日学校に来てるの？」

尋ねる私に、胡桃はギョッとした顔になった。

「お姉ちゃんの話ってしたことあったっけ？」

「あ、うん……」

「お姉ちゃん、今は県外に住んでるの。そもそも今日ここにいるわけないでしょ」

ふふ、と笑う胡桃が歩きだした。

……私は夢を見ているの？　だってあの日は凜さんがOB訪問に来たよね……。

これまでした時間旅行と明らかに違うのはなぜ？

「じゃあ私、図書室寄って帰るから。今からだとバス間に合うと思うよ」

そう言うと胡桃は図書室で借りた本を手に教室を出ていった。

「どういうこと……？」

翔琉はさっき、本当のあの日に戻ると言っていた。今いるこの時間が、実際に起きたことなの……？

頭のなかが混乱しだしている。イヤな予感のようなものが胸に重く渦巻いている気がした。

早足で昇降口へ向かった。再び降りだしたらしく、昇降口の向こうに矢のような雨が見える。しばらく待っていたけれど、外から入ってくるはずの翔琉が現れない。

「どうしよう……」

翔琉はどこに行ったの？　不安を助長するようにどんどん雨が激しくなっている。

ふいに廊下の向こうからパタパタと足音が聞こえてふり向いた。

「翔琉！」

「うわ、びっくりした！」

目を丸くした翔琉が急ブレーキで足を止めるのを見て、思わず泣きそうになった。

「翔琉。どうしてこっちから……。なにがどうなってるの？」

「え？　職員室に行くって言ったじゃん」

「職員室……？」

質問したいことはたくさんある。でもすぐに、翔琉が言った言葉の続きを思い出し、口をつぐんだ。

『もしも真実を知りたいなら、あまり考えずに運命に身を任せてみて』

たしか、そんなことを言っていた気がする。だとしたら余計なことを言わずに、このあとの展開を見届けたほうがよいかもしれない。

翔琉は私の前に来ると、パチンと両手を合わせた。

「悪い。せっかく待っててもらったのに、一緒に帰れなくなった」

「え……」

「課題、やっぱり今日が締め切りだってナイトが譲ってくれなくってさ。残ってやることになったんだよ」

遠い記憶のなかに、翔琉が課題をやり忘れて呼び出しされている映像が浮かんだ。どうして今まで忘れていたのだろう。

「そう……なんだ」

「警報出てるし、課題が終わったらナイトが駅まで送ってくれるって。だから悪いけど先に帰ってて」

「わかった」

「マジで怒ってない？」

上目遣いで叱られた子どものような目をする翔琉に、あの日の自分が重なる。そう、私は笑って言ったんだ。

「怒ってないよ。課題、がんばってね」

「ありがとう」

顔をほころばせた翔琉が、階段へ向かう途中でふり向いた。

「紗菜のそういうやさしいところ、大好きだよ」

「いいから早く行きなさい」

大人ぶって答える私に翔琉は八重歯を見せて笑った。

靴を履き替えていると、胡桃が入れ違いで歩いてきた。

「あれ。バス、間に合わなかったの？」

「そうなんだよ。翔琉のせいで乗り遅れちゃった」

少しずつあの日、本当に起きたことを頭が思い出している。

外に出ると再び雨はあがっていた。空は暗く、遠くで雷も鳴っている。

バス停には誰の姿もなかった。

もうすぐ事故に遭うバスが来る時間だ。

「ねえ、胡桃……」

バスに乗っちゃダメ、と言いかけて、すんでで口をつぐんだ。今はあの日、なにが起きたのか知ることが先だ。

水たまりを跳ねながらバスがやってきた。同時に激しい雨がまた降りはじめた。

「濡れちゃう」

はしゃぎながらバスに乗る胡桃。私の足は――恐怖のあまり動かない。

暗がりに光るオレンジ色の照明を見て思い出した。

――これは、あの悪夢で見たのと同じだ。

そう、あの夢で私はバスに乗りこむ。あの夢はひょっとしたら、実際に起きたことなの……？

不思議そうにふり返る胡桃が、私のうしろを見て目を見開いた。ふり向くと、亜加梨が眉間にシワを寄せて立っていた。

「邪魔なんだけど」

「あ……ごめん」

呪文が解けたように急に体が動き、バスに乗りこんだ。胡桃はまんなかくらいの場所を選び、私を窓側に座らせた。亜加梨は最前列の座席に座った。

「発車します」

運転手の声は雨音にかき消されそうなほど小さい。

走りだすバスを攻撃するようにどんどん雨がひどくなっていく。

思考がこんがらがってなにも考えられない。胡桃は楽しげになにか話をしているけれど、うなずくので精いっぱい。

やがて、坂を上りきったバスがゆっくりと下りはじめた。

ああ……そっか。これが真実——実際に起きた出来事なんだ。ガタガタと体が震えだし、寒いのに額からは汗がこぼれおちている。

「紗菜？　え、どうしたの？」

ひょっとして……。

「そうだったんだ。これがもともとあった運命だったんだ……」

「え？」

胡桃が首をかしげるのと同時に、目の前の道に山からの土砂が洪水のように流れだした。急ブレーキ音をともなって、車体が激しく斜めに滑るのがわかった。

「きゃあ！」

胡桃の叫び声。亜加梨の体は通路に投げ出された。

土砂はすごい勢いでバスをうしろから押し、目の前にはガードレールが迫っている。ハンドルを切ったバスがガードレールの間のぽっかり空いた隙間に突入したかと思うと、体が浮いた。窓ガラスの外に大きな岩が近づいてくる。

ぶつかる、と目を閉じた瞬間、すごい風が体を包みこんだ。

しばらく待っても私の体は叩きつけられることもなく、胡桃たちの声も聞こえない。風の音が収まるのを待って目を開けると、そこは激しい雨の降るバス停だった。一瞬でずぶ濡れになる私を、カサも差さずに翔琉が見つめている。

深い悲しみがその瞳のなかで揺れている。

「翔琉……」

「俺は時間統合がされる直前の世界からここに来た。紗菜のことだから、きっと最後の時間旅行をするだろうと思ってさ」

さっき消えたばかりの翔琉が、この時間軸に来てくれたんだ。

「やっぱり紗菜は気づいちゃったんだね」

さみしそうに、けれど少しうれしそうに翔琉はつぶやく。

「どういうこと……。わからないよ」

「今見てもらったのが、実際にあった出来事なんだよ」

「私たちが死ぬ運命だった……。そういうことなの？」

しゃがみこみたくなる気持ちを必死でこらえながら尋ねる。

「俺のせいなんだよ」

暗い瞳で翔琉がつぶやいた。

「俺が待たせたせいで紗菜はあのバスに乗ることになったんだ。普通に帰っていたらあんなことには……」

　唇を強くかんだあと、翔琉は静かに首を横にふった。

「なんとか紗菜を救いたくて、時間旅行をしたんだ」

「私の身代わりになるために……？」

　もう言葉もうまく出てくれない。あの事故は、私に起きた出来事だったんだ……。

　翔琉は命を差し出す代わりに私を助けてくれた。つまり、翔琉は時間旅行をして助けに来てくれたっていうことで……。ああ、もうなにがなんだかわからない。

　息もうまく吸えないほどの悲しみに、涙がボロボロと頬に流れている。

「そんな泣くなよ。真実を知りたいんだろう？」

「でも、こんな……こんな真実なんてひどすぎる。どうしてこんなことをっ！」

「好きだからだよ」

　翔琉は雨にも負けない声で言った。

「冗談めかしてしか言えなかったこと、ずっと後悔してきた。だから、時間を巻き戻したら、ちゃんと告白しようと決めてたんだ」

　あの告白で彼は二度と会えなくなるって知ってたんだ。だから『先に逝ってるから』って……。涙が雨と混じって落ちていく。

「ダメだよ。そんなのダメ……。私の身代わりになるなんて、そんなの……」

「俺だけじゃない。胡桃や亜加梨だって助かっただろ？」

胡桃……亜加梨……！　そうだ……胡桃と亜加梨も同じバスに乗り、事故に遭ったことになる。

「じゃあふたりの身代わりは……？」

「凜さんと亜加梨のおやじさんだよ」

「翔琉が頼んだの？」

「いや」と翔琉は首を横にふる。

「向こうから頼んできた。凜さんは大学でタイムスリップについて勉強してて、その教授が亜加梨のおやじさんだったんだよ。家族を失ったふたりは歴史学なども研究して、ある日俺のもとへ現れたんだ。俺の家系については調べればわかることだから」

ふいに雨が小降りになった。バス停にやってきたバスに生徒たちが乗りこんでいく。やがて、この雨も一度はあがる。そうすればあのバスがやってくる時間だ。

もうすぐ……何度目かのあの事故が起きる。

「もちろん最初は断った。だけど、あまりの説得に三人で身代わりになることを選んだんだよ」

「あ……」

そこまで聞いてやっと、時間旅行の流れが理解できた。

「もともと死ぬ運命だったはずの私たちを翔琉たちが身代わりになり助けてくれた。一度きりの運命の変更が確定した……そういうことなの？」

静かにほほ笑む翔琉を見て、胸がつぶされそうに痛くなる。

「二分の一だよ」

「え……？」

「運命を変えたとしても、ふたりのうちひとりしか助からない。二分の一の奇跡に懸けるなら、好きな人に生きてほしい。俺だけじゃなく、ほかのふたりも同じように願ったんだ」

翔琉がやさしくほほ笑むぶん、もっと悲しみが押し寄せてくるようだ。

「俺たちは身代わりになれたことに満足していた。だから死ぬことは怖くなかった。けれど……気がついたらあの事故の日に戻っていた。俺には能力があるから、すぐに紗菜が時間旅行をしたことがわかったんだ」

ああ、そうかと胸にすとんと落ちた。

「だから私が最初に時間旅行をしたときの翔琉は、あの日の言葉や態度と違ったんだね。告白もしてくれなかったし、さくらまつりも行かないと言ってた」

「あれはごめん。運命は変えられないことを知っていたし、時間が統合されれば俺たちの姿は消える。だから……わざとそっけない態度を取ってしまった。嫌われてしまえば、紗菜に後悔が残らないかも……ってバカだよな」

あの日以来、しばらくはそっけなかったりやさしかったりした翔琉。彼のなかでも葛藤がずっとあったのだろう。

「でも、紗菜が俺を想っていることを知ってからはどうしようもなかった。そのぶん、いなくなったら悲しませることになるとわかっていたけど、気持ちを抑えられなかったんだ」

「時間を戻そうよ」

言われると最初からわかっていたように、翔琉がやさしい目で――私の大好きな目で見つめてくる。

「それはできない。さっきも言ったけど、運命は確定されている。いくらやり直しても同じことなんだよ」

「だったら！」

地団太を踏むように大きな声を出していた。

「事故に遭うよりも前の時間に戻ろうよ。高校一年生からでいい。そしたらちゃんと想いを伝えるから。一緒に帰るから。たくさん話をするからっ……！」

ふいに頰に翔琉が手を添えた。包みこむようなやさしさに反し、翔琉の表情は苦しくゆがんでいる。

「何度戻ったとしても、運命は――二分の一の奇跡は確定している。過去にすがりつくより、紗菜には未来を生きてほしい」

「だってそこに翔琉がいない。翔琉がいない世界になんて戻りたくないよ……！」

ああ、どうしてこんなことになるの？　助けたつもりでいたのに、逆に私たちが助けられていたなんて……。

「この時間は無駄じゃなかったって俺は思ってる。時間が統合されるまでの間、紗菜と恋人になれた。紗菜が時間旅行をしてくれたおかげだよ」

「でも、でも……！」

「ごめん。俺はひょっとしたらこういう日を心のどこかで願っていたのかもしれない。だから君にプロポーズみたいな告白をしたんだと思う」

ペンダントをくれたことで、この時間旅行ははじまった。だけど、運命が確定してしまったあとにいくら時間旅行をしても無駄だったんだ。

「そんなの……ひどい。ひどすぎるよ」

翔琉との幸せな日々が雨に流されて消えていく。

岬へのデートも、クレープを買ったことも。ぜんぶ、なかったことになるの？

翔琉が指先で私の頬をつまんだ。

「痛い」

「ふふ。聞きわけのないことばかり言ってるからだよ」

もう翔琉は満足したような表情を浮かべている。

「だって……」

「自分のせいだなんて思わないで。これがもともとの運命だったんだよ」

今はそんなふうに思えない。時が経っても同じ気がする。

私が翔琉の命を奪ったことに変わりはないのだから。

気がつけば雨があがっていた。ああ、もうすぐあのバスが来てしまう。

「これから来るバスには乗らないんだよね？　だったら時間が統合される少し前に戻ろうよ。そしてちゃんとお別れをさせて」

動揺した状態じゃきっと受け止められない。けれど翔琉は首をやさしく左右にふった。

「手紙を書いたんだ」

「手紙……」

通学バッグから青空色の便せんを翔琉が取り出した。図書室でなにか書いていたのは、私への手紙だったのかもしれない。

「紗菜が時間旅行をしていることを知ってから書いた。もし、最後に紗菜がもう一度時間旅行をしたら渡そうって決めてたんだ」

強引に渡されるがまま受け取る。手紙よりもただ翔琉にそばにいてほしい。

胸が苦しくてとても受け止められないよ……。

翔琉の声にふり向くと、胡桃と凜さん、そして亜加梨とおじさんが四人並んで歩いてきた。

「あ、来た来た」

私が泣いているのを見て、胡桃と亜加梨が駆けてきてくれた。

「どうしよう。どうすればいいの……?」

そんなことを言ってもふたりはもとの時間軸にいるふたりだから意味がわからないだろう。なのに胡桃が私の手を握ってくれた。

「苦しいけど、受け止めよう」

「え……」

亜加梨も私の頭に手を置いた。

「あたしたちはちゃんとお別れできたからさ」

どうしたの、ふたりとも。だってこの時点では、こんなふうに見送りには来なかったはず。

「俺が時間統合したあとのふたりをさっき呼んだんだよ」

翔琉がそう言い、ふたりはゆっくりとうなずいた。

「じゃあ……」

「私ね」と、胡桃がメガネをかけ直した。

「お姉ちゃんと過ごしている時間のなかで、ぜんぶ教えてもらったの」

「教えてもらったというより、強引に聞き出されたんだけどね」

胡桃が大事そうに黄色い封筒をバッグから取り出した。あ……保健室で凜さんのバッグに入っていた手紙だ。自分の運命を受け入れた上で、胡桃に手紙を託したんだ。

「あの……じゃあ、凜さんがOB訪問って言ってたのは……」

私の問いに凜さんはいたずらっぽく笑った。

「OB訪問なんてなかったの。ただ胡桃を助けたくて来たの。まあ、内藤先生にはいろいろ相談には乗ってもらったけどね」

そう言ったあと、凜さんは胡桃の肩をやさしく抱いた。

「胡桃の身代わりになれたはずなのに、もとの世界に戻されちゃったから、意味がわからなかったよ。生き返ってるんだもん。なのに、勝手にまたあのバスに乗ろうとしちゃう自分を止められなかった」

「俺も早く伝えたかったんだけど、タイミングがなくって遅くなったよな」

翔琉の言葉に凜さんはクスクス笑った。

「二回目は早めに学校に来たんだよ。そしたら胡桃から久しぶりにメッセージが来てさ……。ああ、胡桃も時間旅行をしたんだってわかったの」

胡桃の髪をなでながら凛さんは続けた。

「こっそり翔琉くんから時間の統合がされれば自分たちは消えるって聞いたの。それからは胡桃と残りの時間を過ごさせてもらったの」

これから死ぬ運命だとは思えないほど、凛さんはひまわりのように笑っている。胡桃も受け止めているのだろう、静かに私たちの会話に耳を澄ませていた。

「うちもね」と亜加梨がおじさんをチラッと見た。

「翔琉がパパに説明してくれたおかげで、校長室から逃げ出す作戦をやめてくれたみたい。手紙ももらったしね」

どうして……どうしてこんなふうに運命を受け入れられるの？

遠くにバスのライトが光るのを見て、私は翔琉にすがりついていた。

「お願い、行かないで。私は無理。翔琉がいない世界をひとりで生きていくことなんてできないよ。こんなに好きなのに。やっとその気持ちに気づいたのに……！」

くり返した時間旅行が無駄だったなんて、そんなのひどすぎる。

「紗菜」

私を呼ぶやさしい声。翔琉は両腕を広げると私を抱きしめてくれた。制服は湿っているのに、翔琉の体温を感じる。

「紗菜が好きだよ。世界でいちばん好きだった」

「だったら、だったら……」

「愛する人の身代わりになれるなら、こんなにうれしいことはない。これが俺にとって本当の幸せなんだと思うんだ」

「私は……翔琉と生きていきたい。だったら同じバスに乗らせて。死んだって構わない。翔琉のそばに行かせて！」

私の身代わりに翔琉がいなくなるなんてイヤだよ。

バスのブレーキ音が聞こえると同時に、雨が再び降りだした。

泣きじゃくる私の体を抱きしめたまま翔琉は「なあ」とつぶやいた。

「俺は紗菜のヒーローになりたかった。なのに、いつも紗菜に助けられてばかりだった」

「そんなことない。翔琉は……いつも、助けてくれたよ」

翔琉がいたから毎日が楽しかった。翔琉がいたから笑っていられた。翔琉がいたから恋をすることが――。

「時間旅行なんて不思議なことができたんだ。きっといつかまた再会できるよ。そのためにもちゃんと生きてほしい」

翔琉のいない人生を？　そんな自信ないよ。こんなに悲しいことばかり、どうして起こるのだろう。

バスの扉が開く音がする。「さよなら」「さよなら」胡桃と亜加梨がそれぞれの大切な人に抱きつき、別れを告げている。

体がふいに温度を失った。顔をあげると、瞳に涙を浮かべた翔琉がペンダントを渡した。ペンダントトップが外されているようで、チェーンしかない。

「これを三人で持ってて。バスが見えなくなったら全員で正しい時間軸へ飛ばすから」

「そうだね」とバスのステップに足をかけた凜さんが言った。

「あの事故をまた体験するのは怖いし」

「亜加梨、気をつけて帰るんだぞ。愛玩動物看護師になること、お父さん願ってるからな」

亜加梨のおじさんが目じりのシワを深くして笑った。

「紗菜」

翔琉が私の名前を呼ぶ。子どものころから呼んでくれたのに、これが最後になるなんて。

凜さんとおじさんが車内に消えたあと、翔琉もステップに足を置いた。ふり向いた翔琉が子どものように苦しげに顔をゆがめている。

昔からそうだったよね。普段は強気なくせに、いざとなると声にせず悲しみをグッとひとりでこらえていた。

だけど……もう会えなくなるのを知っていて、運命を受け入れることなんてできない！

「お願い……行かないで。私を置いて行かないで！」

すがりつく私に、翔琉が頭をかがめてキスをした。二度目のキスは涙の味がした。

そしてこれが、最後のキスになることを私はもう知っている。

降りやまない雨のように悲しみが私を覆いつくしている。

「紗菜のことがずっと好きだったよ」

「翔琉……」

「さよなら」

今、目の前でバスの扉が閉まった。

「イヤ！　翔琉！」

扉にすがりつこうとする私を、胡桃が体を抱きしめるようにして止めた。

「紗菜。大丈夫だよ」

「大丈夫じゃない。だって、翔琉にもう会えないんだよ。そんなのイヤだよ！」

走りだすバス。やさしくほほ笑む翔琉の顔を、すぐに雨が隠してしまう。

これが運命なの？　こんな、運命なの？

泣き崩れる私に、胡桃も亜加梨も一緒に嗚咽を漏らして泣いてくれている。

ああ……もう翔琉はいないんだ。バスはもう雨のカーテンの向こうに見えない。

亜加梨に手を引かれて立ちあがる。空っぽの心でこれから、どうやって生きていけばいいのだろう……。

胡桃が「あのね」と、言った。

「この手紙に書いてあったの。お姉ちゃん、姉らしいことをできなかったこと、ずっと後悔してたんだって」

「え……」

「事故の連絡が来たとき、お姉ちゃんは必死で調べて翔琉くんの家系のことを知った。自分の命が身代わりになれるなら、って翔琉くんに頭を下げてお願いしてくれた、って……」

笑みを浮かべ、ゆっくり消えていくバスを見送っている。

「うちのパパも同じ。手遅れなほどガンが進行しているって言ってた。あたし、ワガママばっかでいい子じゃなかったのに、研究をもとに翔琉に土下座までして頼んだんだって……」

亜加梨が私の肩を抱いた。

「ふたりともいい家族なんだね。やさしいね」

「翔琉がいちばんやさしいだろ」と亜加梨はもう鼻声になっている。

「全力であたしたちを救おうとしてくれたんだから」

もっと早く翔琉に想いを伝えていたなら。もっと素直になれていたなら。

たくさんの〝もしも〟はまだ苦しくてたまらない。翔琉のいない世界を、これからひとりで生きていかなくちゃいけないんだ……。

チェーンを手にする指が震えた。包みこむようにふたりの手が重なる。

「これが最後の時間旅行だね」

こぼれる涙もそのままに目を閉じた。

私たちの運命が、今、確定した。

エピローグ

さくらまつりは、たくさんの人でにぎわっていた。
満開を迎えた桜を見あげる人たちの顔には、自然に笑みが浮かんでいる。
スカートのポケットから、もう何度読んだかわからない手紙を取り出した。
便せんを開くと、翔琉の文字が私に話しかけてくる。

＊

紗菜へ

この手紙を読んでいるころ、俺はもう紗菜の隣にいないだろう。
君が今、穏やかな気持ちでいることを願っています。
俺が時間旅行をしたのは、小学五年生のときだった。
裏山でケガをした紗菜を助けたくて、無理やり時間旅行をしたんだ。
同じ日に亡くなったばあちゃんは、最後に教えてくれた。
「時間旅行をして、大切な人の身代わりになることで生まれ変われる」と。

だから、三月八日の事故を俺は全力で救った。
凜さんや亜加梨のおじさんという仲間もできた。
君を助ける前に、想いを伝えられたことがうれしかった。
あの告白は俺にとって、最初で最後のプロポーズだったんだよ。

けれど予想外のことが起きた。
身代わりになったはずなのに、気づけば三月八日に戻っていたんだ。
紗菜は必死で俺を助けようとしてくれていた。
俺だけじゃなく、ほかのふたりのことも。

君が時間旅行をしたと知ったときは驚いたけれど、それ以上にうれしかった。
きっと……俺は心のどこかで紗菜とまた会えることを願っていたのかもしれない。
ペンダントを渡したせいで、悲しい思いをさせてしまってごめん。
自分がいなくなった日のことを考えてしまって、冷たくしたこともごめん。
紗菜はきっとこれからも思い悩むだろう。
だけど、信じてほしい。

運命は変えられなくても、自分を変えることはできる。
くり返す時間旅行のなかで、君は前よりもずっと強くなったんだ。
世界が嫌いになりそうなときは、周りにいるやさしい人のことを思い出して。
俺がやっていたように〝好き〟を言葉にしてほしい。
君の〝好き〟が周りに伝われば、それ以上の〝好き〟が返ってくるから。
再会するその日まで、どうか紗菜は紗菜らしく生きていて。
大好きな紗菜を救えたことは俺の自慢です。

紗菜のことが本当に好きだよ。
こんなに人を愛することを教えてくれてありがとう。
俺は先に逝くけれど、紗菜が自分にやさしく生きられたならきっと会えるよ。

そのときまで、少しの間だけさようなら。

翔琉

*

手紙を読み終えるたびに自然にほほ笑んでしまう。そして、すぐに翔琉がもうそばにいないことを思い出し、悲しみに胸が苦しくなる。

今でもたまに夢じゃないか、と思う日がある。あの時間旅行で経験したことすべてが夢で、翔琉はまだ生きていて私に会いに来てくれる……。

便せんの上に桜の花びらが一枚、ふわりと落ちた。

しっかりしろ、と翔琉が言ってくれているみたい。

「お待たせ」

胡桃が両手をあげた格好のまま、人をかきわけながらやってきた。

「すごい人だね。買うのにずいぶん並んだよ」

右手にはたこ焼きを、左手には綿菓子を持っている。

「お疲れ様。あれ、亜加梨は？」

「え？　あれ、さっきまで一緒にいたのに」

「ここにいるよ」と、声のほうに顔を向けると、いつの間にか桜の木にもたれるように亜加梨が立っていた。

「さくらまつりってこんなに人いたっけ？」

持っているイチゴ飴(あめ)を一本差し出す亜加梨。小粒でかわいらしい赤色の飴を受け取り、人波に目を向けた。

「ほんとすごい人だね」

「人酔い大丈夫？　ちょっと離れた場所に移動する？」

心配そうに尋ねる胡桃に首を横にふり、手紙を花びらと一緒に折りたたんだ。

「大丈夫。むしろ久しぶりに外に出られてホッとしてる」

「私も」

「あたしも」

お互いの顔を見て、少し笑い合った。久しぶりに笑った気がした。

「それ、翔琉くんからの手紙？」

胡桃の問いにうなずくと、また少し胸がズキンと痛んだ。

「そうだよ。翔琉からのラブレター」

「……つらいよな？」

ため息をつく亜加梨に、「うん」と素直にうなずいた。

「つらい。でも、翔琉のやさしさがいっぱい詰まってるから、少しだけ元気にもなれるの」

「いろんなことがあったもんな」

「亜加梨だって胡桃だって同じだよ。ふたりがいてくれたから時間旅行ができたと思う。一緒に運命に抗おうとしたことを、大げさじゃなく誇りに思ってる」

「結局、運命は変えられなかったけどね」

声のトーンが低くなる胡桃に、「だね」とうなずく。

「でも、あの時間旅行には意味があったと思う。そうじゃなかったら、こんなふうに三人でさくらまつりに参加できてないし」

「それは言えてる」

亜加梨が大きくうなずいた。

ふいに風が吹き、桜の花びらがハラハラと舞い落ちる。あの日の雨は、桜の花びらになったんだな、と思った。

「胡桃と亜加梨に伝えたいことがあるの」

そう言う私に、胡桃は「うん」とうなずき、亜加梨は「なんか怖い」と眉をひそめた。ふたりの顔を交互に見渡してから、私は言う。

「ふたりのことが大好きだよ」

翔琉がしていたように、私も自分の気持ちをちゃんと言葉にしていきたい。

胡桃がパアッと顔を輝かせ、亜加梨の頬はみるみるうちに真っ赤になった。

「私も、紗菜のことが大好き」

「あたしも同じく」

こうして笑える日が来たことがなによりもうれしい。きっと翔琉が遺してくれたプレゼントなんだね。

「翔琉が言ってたの。きっといつか再会できる、って」

手のひらを広げると、花びらが一枚、音もなく舞い降りた。

「時間旅行という不思議な体験ができたんだから、再会できる日を信じて生きていきたい。そう思えるようになったんだ」

そう言う私に、ふたりは静かにうなずいてくれた。

季節はバトンを渡すように過ぎていく。いくつもの季節を越えたその先に、きっと翔琉が待っていてくれる。

それを信じて生きていこうと思う。

大丈夫だよ、翔琉。大切な人たちがいつも支えてくれているから。いつか、大切な人を支えられる私にもなりたい。

桜の雨が祝福するように私たちに降り注いでいる。

大好きな翔琉が、そばで笑っているような気がしたんだ。

【完】

あとがき

「君がくれた1/2の奇跡」をお読みいただきありがとうございます。

昔から雨の日が好きです。特に冬の終わりの雨は降るごとに季節が変わっていくようで、淡くけぶる景色をぼんやりと眺めてしまいます。

雪が溶け、春の息吹を感じはじめる三月を舞台に、主人公が体験する悲しみと再生の物語を描きました。

日々のなか、苦しいことや悲しいことはどうしても起きてしまいます。存在を否定されたような気分になり、落ちこむこともあるでしょう。

また、自分の気持ちを言葉にすることはとても難しく、私も学生時代は一度頭で言葉を並べ、それでも口にすることができない性格でした。

この作品を読んだ皆さんが、少しでも気持ちを言葉にすることができれば、とてもうれしく思います。

主人公である紗菜と一緒に、「自分ならどうするか」を考えながらお読みいただけるとうれしいです。

最近はコロナが落ち着き、イベントに出演させていただく機会が増えています。読者の皆さまに好きな作品を尋ねると、「いつか、眠りにつく日」や「君のいない世界に、あの日の流星が降る」など、スターツ出版の作品名を多く耳にします。皆さまの応援のひとつひとつが、私に物語を紡がせる力になっています。いつも心から感謝しています。

この作品を刊行するにあたり、スターツ出版文庫編集部様にはずいぶんわがままを聞いていただきました。また、イラストレーターのhiko様、デザインの長﨑様、素敵な装丁をありがとうございます。

今作でスターツ出版文庫からの刊行が十九作目となります。次回、二十作目はどんな物語を描こうか、今から楽しみです。

いつか、あなたに降る雨が終わったら。
雨あがりの空が透けるような青色になったなら。
そのときは、あなたの物語を私に聞かせてください。

二〇二三年九月　　いぬじゅん

この物語はフィクションです。実在の人物、団体等とは一切関係がありません。

いぬじゅん先生へのファンレターのあて先
〒104-0031　東京都中央区京橋1-3-1　八重洲口大栄ビル7F
スターツ出版（株）書籍編集部 気付
いぬじゅん先生

君がくれた1/2の奇跡

2023年9月28日　初版第１刷発行
2024年6月28日　　　第３刷発行

著　者　　いぬじゅん　©Inujun 2023

発 行 人　　菊地修一
デザイン　　カバー　長﨑綾（next door design）
　　　　　　フォーマット　西村弘美
発 行 所　　スターツ出版株式会社
　　　　　　〒104-0031
　　　　　　東京都中央区京橋1-3-1　八重洲口大栄ビル7F
　　　　　　出版マーケティンググループ　TEL 03-6202-0386
　　　　　　（ご注文等に関するお問い合わせ）
　　　　　　URL　https://starts-pub.jp/
印 刷 所　　大日本印刷株式会社

Printed in Japan

ISBN　978-4-8137-1483-5　C0193

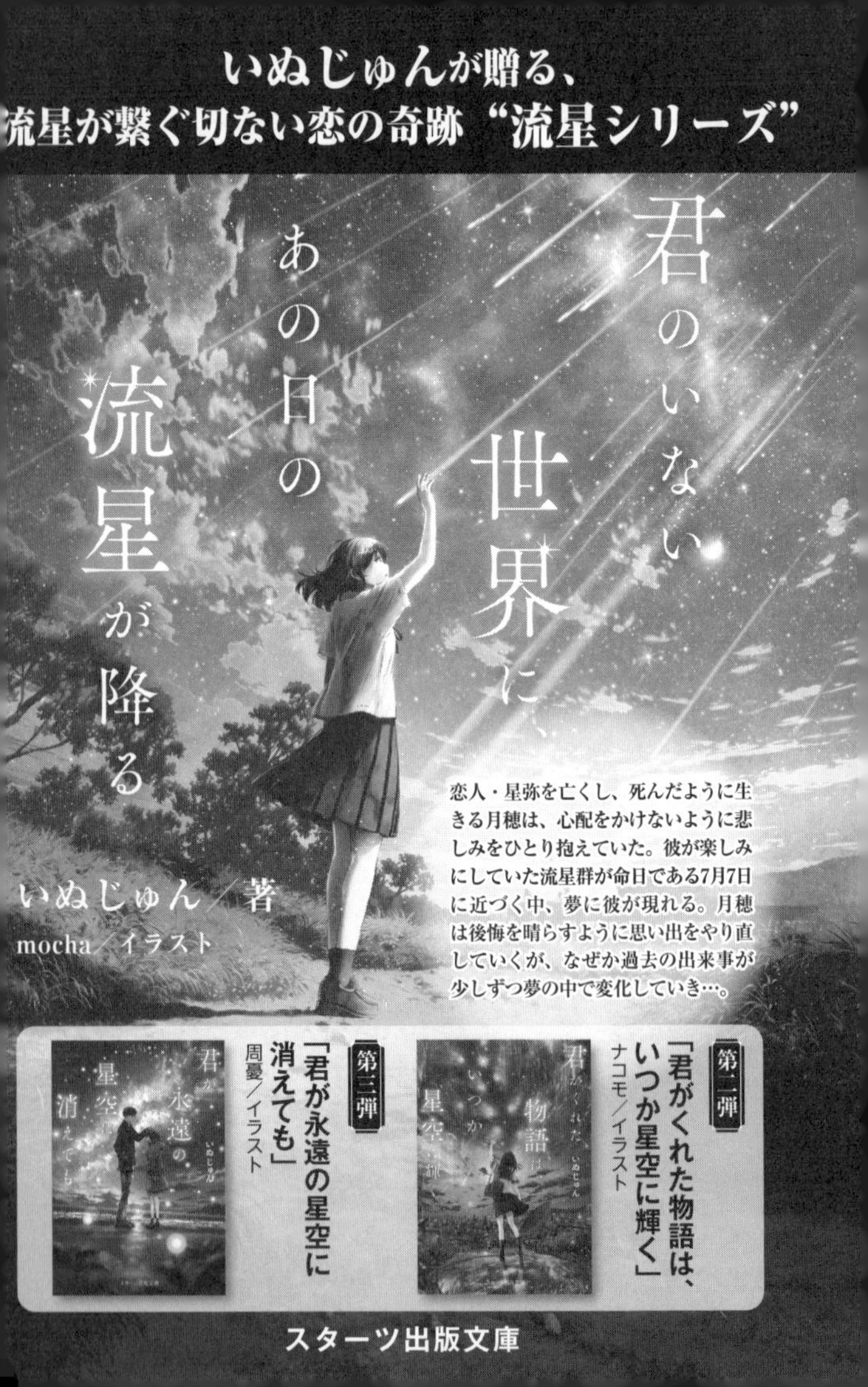

いぬじゅんが贈る、
流星が繋ぐ切ない恋の奇跡“流星シリーズ”
君のいない世界に、あの日の流星が降る
いぬじゅん／著
mocha／イラスト
恋人・星弥を亡くし、死んだように生きる月穂は、心配をかけないように悲しみをひとり抱えていた。彼が楽しみにしていた流星群が命日である7月7日に近づく中、夢に彼が現れる。月穂は後悔を晴らすように思い出をやり直していくが、なぜか過去の出来事が少しずつ夢の中で変化していき…。
第二弾
「君がくれた物語は、いつか星空に輝く」
ナコモ／イラスト
第三弾
「君が永遠の星空に消えても」
周憂／イラスト
スターツ出版文庫

この1冊が、わたしを変える。

スターツ出版文庫　好評発売中!!

いぬじゅん原作の
人気作品
コミカライズ下巻、
好評発売中!!

いつか、眠りにつく日(下

原作：いぬじゅん
漫画：手名町紗帆
発行：一迅社
定価：880円（本体800円＋税10%)

切なさと予想外のラストに涙する――。

「いつか、眠りにつく日

著：いぬじゅん
イラスト：中村ひなた
定価：627円（本体570円＋税10%)

修学旅行の途中で事故に遭い、命を落としてしまった蛍は、突然現れた案内人・クロから「未練を3つ解消しなければ成仏できない」と告げられる。未練のひとつがずっと片想いしている蓮に告白することだと気づいていたが、どうしても想いを伝えられない…。蛍の決心の先にあった秘密とは？

いつか、眠りにつく日2

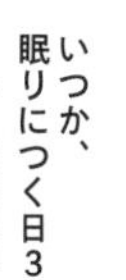

いつか、眠りにつく日3

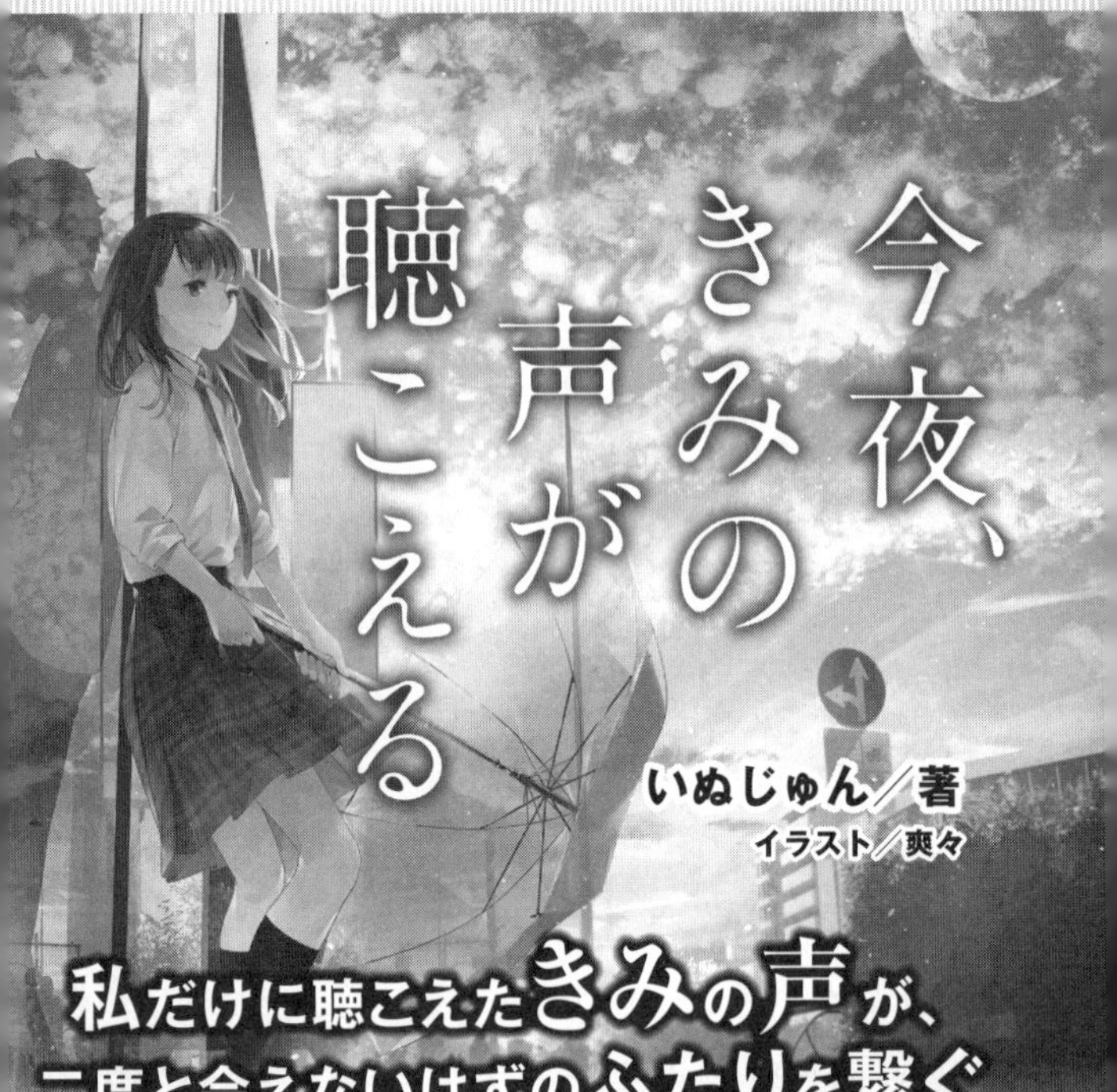

君がくれた1/2の奇跡

いぬじゅん